LE TAVOLE D’ORO

Ting-Kuo Wang

Il ciliegio del mio nemico

traduzione dal cinese di
Maria Gottardo e Monica Morzenti

Stefania genn 2023

NERI POZZA EDITORE

Titolo originale:
敵人的櫻花
My Enemy's Cherry Tree

ISBN 978-88-545-1610-6

Il nostro indirizzo internet è: www.neripozza.it

I

Meglio non cominciare, se non si è pronti

Nessun cliente al caffè, quella mattina. Lui era stato il primo. Portava un cappello marrone da pescatore, che entrando non aveva avuto il tempo di togliersi, quasi sconvolto dal fatto che lì dentro ci fossi solo io, che il bar fosse gestito unicamente da me, senza nemmeno un aiutante.

Si era dunque sistemato in qualche modo sulla sedia accanto alla porta, sempre col cappello in testa, lo sguardo fisso sulla bicicletta da cui era appena sceso. Il tutto aveva qualcosa di irreale, poi un colpo di vento aveva fatto tremare il vetro della finestra, come quando c'è il terremoto.

In quel silenzio non interrotto da un'ordinazione né da una conversazione, come un automa presi una tazza. Dopo il breve gracchiare della macchina macinacaffè, il bar ripiombò in un silenzio mortale.

Ne bevve sì e no mezza tazza e si alzò.

Pur di non sentirgli dire niente né vederlo pagare il conto, mi spinsi fuori fino all'incrocio, aspettando che uscisse. Dopo un bel po' ancora non spuntava. Mi voltai a guardare e mi accorsi che era uscito dalla porta a vetri, ma si era seduto sul bordo della fioriera davanti all'ingresso e fumava avidamente una sigaretta ormai consumata fino al filtro, con una foga tale che le guance gli si erano incavate, e tirava disperato come un giocatore che abbia perso tutto ma non voglia mollare.

1.

Finita la sigaretta, così mi hanno riferito, Luo Yiming tornò a casa e si ammalò.

Salì in terrazza e si sedette sulla sedia di metallo, dove gli piaceva leggere e guardare il profilo dei monti che si dispiega dalla riva opposta del fiume. Doveva essere il primo pomeriggio, anche se qualcuno dice sia successo all'imbrunire, perché una donna da un'altra terrazza stava giusto ritirando il bucato quando aveva visto Luo alzarsi di colpo dalla sedia, come se avesse ricevuto un ordine segreto, e scavalcare la balaustra.

La donna si era messa a strillare. I vicini di casa si precipitarono fuori e accorse l'intero comitato di quartiere, guidato dal capogruppo in persona. Arrivò anche un furgone della polizia che dovette però fermarsi all'imboccatura del vicolo. Ricomparve il signor Luo, sorretto per le braccia, con le gambe ancora tremanti e il viso di un pallore mortale. Non rispose a nessuna domanda. La scena era animata solo dal pianto della donna, che non faceva che ripetere ai poliziotti come avesse dapprima visto uno stormo di piccioni, mai in cinque anni che abitava lì aveva visto tanti piccioni levarsi di colpo in volo…

Qualche giorno dopo andai a far spesa al mercato, dove i venditori di solito cordiali si dimostrarono piuttosto scostanti. Persino gli ambulanti lungo la strada stavano a capo chino anche mentre mi servivano, salvo poi, appena uscivo di scena finiti gli acquisti, mettersi a confabulare tra loro, testa contro testa. Era come se l'intera cittadina fosse in preda a una rabbia collettiva e a me non restò che dileguarmi con la coda tra le gambe, come un malfattore.

In più di un'occasione m'imbattei in perfetti sconosciuti desiderosi di condividere un comune sentimento di solidarietà verso il signor Luo Yiming, che non esitavano a definire il benefattore della cittadina, un uomo che trattava le persone e faceva le sue cose sempre con grande generosità, tanto che fuori da casa sua spesso si radunavano dei poveracci che lui era sempre e comunque pronto a sfamare.

Le buone azioni di Luo Yiming erano tutt'altro che chiacchiere: un amico, membro di un'associazione di volontariato, mi raccontò che negli ultimi anni Luo a fine mese ritirava dalla cooperativa di credito una somma che suddivideva immediatamente in svariate buste: a parte quelle destinate a qualche ente assistenziale relativamente lontano, che mandava con raccomandata postale, le altre, grandi o piccole che fossero, le infilava nel cestino della sua bici e come uno zelante Babbo Natale le consegnava personalmente, riempiendo di festosa eccitazione questa nostra cittadina di mare.

C'era poi un'altra storia edificante, quella di un portalettere nuovo del mestiere che arrivò a casa Luo quando lui non c'era perché era andato a un banchetto di nozze. Il postino si era allora messo a chiamare ad alta voce, da fuori, quel tizio a lui sconosciuto e uno dopo l'altro erano accorsi i vicini di casa che, leggendo il nome del mittente sulla busta, si erano resi conto che si trattava della ricevuta per una donazione. Fu così che grazie a questa faccenda del postino il signor Luo, che faceva del bene ma non voleva ostentarlo, assurse al ruolo di pubblico benefattore.

Dopo la disgrazia di Luo Yiming, i bei ricordi sul suo conto, rimpolpati e rimessi insieme come avanzi della cena riscaldati per il pranzo – tante singole note di plauso che andavano formando un peana – giravano giorno e notte per le viuzze cittadine, sempre più sentiti e toccanti. Ma quel che provavo io era un dispiacere diverso.

Non c'è dubbio che anch'io, quando avevo conosciuto Luo Yiming, avessi provato la stessa ammirazione degli altri, arrivando persino a pensare che senza di lui la nostra società non sarebbe stata completa, senza la sua nobile condotta saremmo stati eternamente privati di un tale esempio di probità.

Non avevo mai raccontato a nessuno quello che era successo, benché avesse distrutto la vita che mi ero appena costruito. Aveva bisogno di armonia, il mondo là fuori, e la nostra cittadina era immersa nello splendore irradiato dal fascino dell'eroe. Perciò mi ero adeguato e avevo sperato che vivesse, che rimanesse vivo e vegeto così da assaporare il sarcasmo celato dietro il plauso della gente, il tormento del male inflitto ad altri: solo così avrebbe avuto coscienza del fatto che c'era qualcuno che non l'avrebbe mai perdonato.

Per questo, se devo essere sincero, la notizia della sua improvvisa malattia fu per me un colpo doloroso. Anzi, mi spezzò il cuore.

2.

Quando ci ero stato, casa Luo era una costruzione insolita, come non se ne vedono più, senza nemmeno un pezzo di ceramica ma tutta ferro, vecchio legname e tegole nere di Yilan, con una schiera di colonnine a sostenere la base dell'edificio di due piani, che si alzava da terra solo di un metro. Dall'ingresso del cortile si allungava un corridoio coperto, con la pavimentazione in legno che, a camminarci su, squittiva e scricchiolava.

Ricordo ancora cosa mi disse Luo Yiming al primo incontro, cinque anni fa: «Questa è la proprietà dei miei avi, non è roba mia, io la conservo e basta. Ma spero di andare presto in pensione, così la banca la smette di mandarmi di qua e di là e mi godrò finalmente la mia casa».

Era sempre così modesto, ma io ammiravo il suo status di alto dirigente di un grande istituto bancario, che erogava crediti al settore commerciale di tutto il centro del paese. Nonostante quella posizione, viveva praticamente nel dormitorio della banca, concedendosi solo nei periodi di vacanza il ritorno alla vecchia casa nel paesello.

Insomma Luo Yiming tornava lì solo quando non lavorava, dunque, di norma, una notte alla settimana, il che significava che aveva a disposizione un'unica mattina per sbrigare le varie incombenze. Quando io e Qiuzi andammo da lui, aveva già rastrellato le foglie e spazzato il pavimento, tanto che lo trovammo accovacciato accanto allo stagno dove si stava sciacquando in fretta e furia le mani per accoglierci e accompagnarci in casa attraverso il corridoio esterno.

Mentre parlava si asciugava la fronte dal sudore che scendendo gli chiazzava la camicia a righe. Ai piedi portava degli stivaletti di gomma gialli. Entrammo con lui, che però sparì per ricomparire un attimo dopo con dei pantaloni neri puliti e una camicia bianca abbottonata fin sopra il pomo d'Adamo, tanto che quando parlava l'intrico di rughe sopra il colletto gli si contorceva come in una danza.

Mi dava la sensazione di una persona nobile ma semplice, insomma un uomo pulito. All'inizio mi sentivo un po' spaesato per via dell'atmosfera strana di quella casa, per questo apprezzai enormemente la calorosa accoglienza che ci riservò, anche perché non saprei che genere di gente frequentasse quelle stanze, ma di certo né io né Qiuzi ne avevamo i requisiti. Appena l'avevo visto mi si era affacciato come un lampo un pensiero meschino: che bello se fosse stato lui, mio padre. Non so da dove mi venisse un'idea tanto assurda, so solo che fin da piccolo ho provato una disillusione che mio padre non è stato in grado di curare.

La visita sembrava eccitare Qiuzi ancor più di me. In un corso di fotografia aveva scoperto che Luo offriva lezioni gratuite, era per questa nobile ragione che ci trovavamo ospiti in quella casa di ricconi. Non si può dire che Qiuzi fosse una donna affascinante, ma quando si trattava di mettersi a studiare qualcosa, aveva una tenacia tutta sua; per esempio con la fotografia, in cui era una principiante, al cospetto del maestro manifestava una gioia infantile che le faceva brillare gli occhi, non pensando minimamente che le lenti placidamente incassate nella macchina fotografica non sempre sono in grado di vedere le difficoltà della vita. Forse proprio questa sua ingenuità spinse Luo Yiming a considerarla come una figlia e penso sia stato questo il motivo per cui fummo invitati in una casa dove non era facile essere ammessi.

Qiuzi era felice per le lezioni, ma anch'io, pur di non fare la figura del sempliciotto, facevo di tutto per mettermi a mio agio. Come arrivava un cortese invito del direttor Luo, trovavo sempre il modo di liberarmi e dal posto in cui lavoravo, fuori Taipei, mi precipitavo a Taizhong, e correvo con Qiuzi verso la costa. Lungo il tragitto gridavamo eccitati, le voci che sovrastavano il rumore dello scooter, le sue mani strette alla mia vita, in corsa controvento, sfrontati e forti del nostro amore.

Nel soggiorno lei di solito si sedeva a sinistra, accanto al telefono, lui a destra, in poltrona; spesso gesticolavano guardando un album di fotografie, in un'atmosfera molto intima, due pesci che soffriggono nello stesso tegame. A volte lui si lanciava in qualche aneddoto di quando s'era accostato alla fotografia, altre esibiva le opere di cui andava più fiero: a quel punto il tavolino diventava una vera e propria esposizione, giornali e posacenere venivano allontanati esattamente come a volte capitava anche a me, che finivo in disparte.

Con Qiuzi lui non si risparmiava, e oltre a insegnarle teoria e pratica della fotografia, spesso prendeva dei negativi e li metteva contro il vetro. Davanti alla finestra parlava rivolto alla luce, con aria carismatica, ed era quasi commovente coi suoi capelli brizzolati, preso com'era dalla lezione, quasi stesse tenendo una specialissima conferenza.

Quanto a me, il me di allora, essendo un profano di quell'arte che esige grande passione, mi limitavo a curiosare qua e là. La casa era enorme, più grande di quanto si possa immaginare in un sogno. La struttura in stile giapponese emanava un'aura ministeriale e a tratti mi arrivava alle narici la fragranza dell'antico legname.

Mi domandavo come dovesse sentirsi una persona comune in quell'ambiente: doveva disperarsi? Vergognarsi della propria nullità? Io no, anche se un po' di invidia la provavo, ma me la facevo passare con l'immaginazione. Non avevo ancora quarant'anni, pensavo, e se lui si fosse fermato ad aspettarmi, avrei avuto almeno vent'anni di tempo per raggiungerlo.

Fantasticavo e aspettavo Qiuzi, la brava studentessa. A volte poneva domande alquanto bizzarre, tipo se per entrare nella camera oscura fosse necessario indossare abiti scuri, e se capitava di fotografare un uccello coloratissimo con la pellicola in bianco e nero, eh, come si faceva? Certo il suo zelo di studentessa aveva molti punti deboli, che però rappresentavano la sua purezza, quella stessa purezza che notavi in lei nel candore della pelle sotto i capelli corti, nel viso pulito come una pagina nuova, o quando corrugava leggermente la fronte come se inavvertitamente si fosse sporcata cadendo nella polvere del mondo degli adulti.

Ma a me Qiuzi piaceva così. Meglio un pizzico di ottusità che una grande intelligenza; almeno poteva permettersi di assorbire gli insegnamenti altrui, mentre chi è troppo intelligente finisce con l'impantanarsi nell'egoismo dei propri interessi. E poi stupida non lo era, aveva solo dei modi un po' strambi ed era per questo che l'amavo, perché io quell'ingenuità non l'avevo più e lei illuminava le mie zone d'ombra, alleggeriva la pesantezza della mia vita.

Insomma, non potevo stare senza. Ero felice solo quando vedevo il suo sorriso e un complimento rivolto a lei era come se fosse per me, e mi faceva brillare di luce riflessa. Quell'estate ascoltava attenta le parole del professore con la tazza di tè in mano, gli occhi lucenti e il viso radioso, poi ogni tanto posava la tazza, prendeva il quadernetto e diceva: «Piano, piano, professore, mi lasci scrivere questo appunto».

Sono convinto che anche Luo Yiming fosse colpito da Qiuzi. Benché aperto e cordiale, era comunque molto riservato e quando era contento sorrideva appena, senza scoprire i denti, soffocando in gola la sua gioia anziché esprimerla. Il primo incontro si protrasse fino a mezzogiorno, quando lui, gentile, ci invitò a fermarci per pranzo. Io e Qiuzi ci scambiammo un'occhiata, ma sapendo che viveva da solo declinammo l'invito. Se la cosa fosse finita lì, quell'incontro si sarebbe trasformato in un bellissimo ricordo. Purtroppo non passò tanto tempo che tornammo a trovarlo. Non era ancora la stagione della fioritura, il ciliegio era coperto di foglie verdi e i suoi rami, d'un rosso cupo come il tronco, nell'ombra del cortile assumevano una luce enigmatica.

Il ciliegio non era ancora in fiore quando Qiuzi mi lasciò. Quell'anno perdemmo la primavera.

3.

Com'era prevedibile, l'improvvisa malattia di Luo Yiming creò un certo trambusto.

La polizia mandò due agenti, uno con una forte inflessione dialettale e l'altro, probabilmente una recluta, che appena entrato nel mio locale si mise a frugare dappertutto. Alla vista della tenda del soppalco fece dei versi strani e s'irrigidì come se stesse per estrarre la pistola, neanche avesse scoperto un deposito di droga.

Mi fece reggere la scala mentre ci si arrampicava con grande agilità. Esitò un attimo davanti al soppalco angusto e buio, poi fu preso da un'improvvisa smania di mettersi in mostra e, aggrappatosi alle assi sui due lati dell'entrata, s'infilò dentro con l'agilità di un ginnasta che si esibisca alle parallele, prima con la testa poi con tutto il resto di quel corpo tanto ardimentoso. Dall'oscurità arrivò una botta fortissima.

Era rimasto con le gambe penzoloni e metà del corpo infilata nel soppalco. Il poliziotto con la parlata dialettale lo aiutò a scendere risistemandogli la scala finita fuori posto, mentre il grido di dolore seguito alla botta si smorzava in un mugolio. Lui mi guardava di traverso massaggiandosi la testa. La scena aveva un che di comico. Posai sul tavolo due bicchieri d'acqua e aspettai che l'interrogatorio cominciasse.

La recluta non era ancora rassegnata e con la mano sul

bernoccolo mi chiese: «Sentiamo, cosa diavolo ci tieni, là sopra?»

«Un letto, un cuscino e una radio».

«In giro si dice che sei venuto qua per vendetta e a quanto pare è vero».

Il poliziotto locale era d'accordo: «La gente dice che il caffè è una copertura, e lo penso anch'io. Che senso ha vendere caffè in questo posto? Col caldo che fa non sarebbe meglio un tè?» Mentre parlava cercava di confortare il collega che si era preso la botta in testa e allo stesso tempo controllava la mia carta d'identità. Aveva inserito qualcosa in una macchinetta e, in attesa di informazioni a riguardo, annotava i miei dati su un cartoncino.

Quando la macchinetta gli rispose, abbassò di colpo la testa e mi s'incollò all'orecchio dicendo: «D'accordo, non hai precedenti, ma cosa ci fai qua? Che intenzioni hai?»

«Solo vendere caffè».

«Ci sono tanti locali vuoti in posti ben più frequentati».

«Qui è vicino al mare».

«Ah sì? Ma se non c'è in giro neanche un granchio, in questo diavolo di posto! No, non mi prendi in giro, controllerò tutti i tuoi rapporti con il signor Luo. Perché ce l'hai con lui? Dai, parla: sei davvero qui per vendicarti? Guarda, a dirla tutta, non vedo l'ora che in questo maledetto posto succeda qualcosa di grosso, non voglio ridurmi a fare il poliziotto a caccia di ladruncoli. Fa' pure tutto quello che vuoi, metti sottosopra questa cittadina, non m'importa, ma non torcere un capello a lui: il signor Luo è il signor Luo, è l'unico qui che non può morire e quindi è meglio che tu pensi bene a come lasciarlo in pace. Allora sì che mi sentirò tranquillo...»

In quel momento due clienti si fermarono esitanti sulla porta. Il poliziotto con l'accento locale si rimise il cappello e, avviandosi verso l'uscita seguito dalla recluta, si girò per sussurrarmi: «Se succede qualcosa, ci rivediamo».

Servii i clienti e mi sedetti fuori a fumare una sigaretta.

Ero mogio, ovviamente: il mio era soltanto un piccolo locale che serviva giusto qualche tazza di caffè, ma anche se il caffè fosse di colpo scomparso dal mondo, il mio bar doveva rimanere aperto, perché io ero lì ad aspettare la mia Qiuzi.

Non mi aspettavo che invece ci capitasse Luo Yiming. Da lontano sembrava soltanto un vecchio come gli altri della cittadina, mentre avanzava lento sulla sua bicicletta. Chi s'immaginava che d'un tratto scendesse dalla bici ed entrasse, sprofondandomi all'istante in un baratro di dolore, paura e disperazione. Non riuscivo nemmeno a capire se fosse l'annuncio reale di una nuova disgrazia o solo il frutto della mia immaginazione.

Sembrava in perfetta salute, il fisico in forma di un uomo appena andato in pensione, agile come un tempo. Del resto se così non fosse stato, non sarebbe arrivato in bicicletta. Per lui era stata una passeggiata di piacere, uno dei soliti giretti durante i quali si fermava in angoli che prima non aveva notato, assaporando immagini che trovava interessanti, uniche, quasi da sogno. Solo lui sapeva trarre tanta gioia dalla vita di pensionato.

A maggior ragione che per lui bere caffè era un'abitudine normalissima. Gli piaceva muschiato e senza zucchero, un liquido nero che suggeriva un senso di insondabilità. Seduti nel suo soggiorno, un tempo, anche noi avevamo assaggiato quel gusto così amaro, del quale Qiuzi non aveva afferrato il senso, ma di cui neppure io, d'altronde, avevo capito a fondo l'essenza. Non osando fiatare, mi ero irrigidito stringendo con terrore piattino e tazzina dorati, temendo che la loro preziosità rivelasse il mio nervosismo. Eppure sapevamo che per riuscire a percepirne il valore non potevamo limitarci alle solite esclamazioni di apprezzamento, bisognava fare tesoro delle amarezze di tutta una vita per poter accogliere il senso profondo di quel caffè e comprendere la solitudine dell'anima. Quindi avevo soffocato lo strano singhiozzo che mi saliva in gola e l'avevo lasciato vagare, con grande imbarazzo, nell'esile spazio tra l'esofago e la laringe.

Dunque quella maledetta mattina lui era venuto semplicemente a bersi una tazza di caffè. Doveva aver sentito che un imbecille arrivato da fuori aveva aperto un piccolo locale, scegliendo addirittura la zona più desolata della periferia cittadina. Nessun altro pensiero dietro quella solita pedalata tranquilla che lo aveva portato a fermarsi a bere un caffè poco prima dell'ora di pranzo: ecco, è per questo che deve aver deciso di entrare.

Se non avesse preso quella decisione avventata, tutto sarebbe rimasto com'era e non sarebbe sprofondato con me in un baratro di dolore, paura e disperazione. Sarebbe rimasto tranquillo nell'ombra senza troppi guai, in quell'ombra che non dà problemi se non quando ci si scontra con qualcuno che in quell'ombra non riusciamo a scorgere. Allora ci assale improvvisa la paura di perderci, quando l'oscurità rivela le sue tinte più fosche e sospinge i due contendenti in un invisibile abisso.

Che sfortuna che quel giorno avesse deciso di uscire. Forse aveva seguito il viottolo che costeggia l'argine del fiume e che, facendo un'ampia curva, conduce fino al ponte, al di là del quale c'è una strada che scende fino a casa Luo e porta alla chiesa cattolica, in centro, accanto a un parco. Dal pendio erboso del parco si scorge la vetusta dimora in stile giapponese e il vecchio ciliegio nel giardino, con i boccioli in fiore.

E io cosa stavo facendo mentre lui pedalava lento lungo il viottolo ombroso? Forse stavo preparando qualcosa o pulendo il bancone dove non era seduto nessuno. Quel che è certo è che non avevo avuto presagi celesti né avevo scorto segni premonitori. Non sapevo assolutamente, quindi, che ci saremmo trovati faccia a faccia in una situazione tanto imbarazzante.

Forse le curve e i sobbalzi del viottolo che costeggia l'argine avevano fatto steccare qualche nota del suo consueto fischiettare. Sarebbe potuto tornare indietro, se all'improvviso avesse avuto un presentimento. Lì intorno c'è tanto da esplorare, avrebbe potuto infilarsi in un vicolo fino alla strada vecchia, o percorrere la via principale passando per la segheria fino al brulicante mercato di frutta e verdura.

Purtroppo non lo fece. Come era accaduto quell'anno, si lasciò sfuggire l'occasione di salvare la propria senile integrità.

4.

Subito dopo la visita della polizia si verificò un altro evento piuttosto strano. Un pomeriggio in cui pioveva a dirotto, d'un tratto sullo spiazzo di ghiaia si fermò un taxi. L'autista, con l'ombrello, corse verso la portiera posteriore, dalla quale però stava già uscendo un'impaziente gonna lunga che senza ripararsi si scaraventò sotto la pioggia torrenziale.

Era una donna sulla trentina. Si precipitò con impeto verso la porta, ma i tacchi le si infilavano tra i ciottoli. Li tirava fuori con forza ma quelli sprofondavano di nuovo, finché arrivò sotto il portico e si pulì le scarpe. Si sedette sulla sedia davanti all'entrata e tenendo i piedi sollevati da terra, sbatté più volte le scarpe per togliere il fango dalle suole.

A parte che non la conoscevo, mi lasciò un po' perplesso per come si era agghindata: trucco pesante e un fermaglio viola acceso che troneggiava fra i capelli proprio sopra la fronte, vistosi occhiali da sole che per la pioggia le erano scivolati dal naso, pronti a cadere da un momento all'altro.

Si fosse trattato di una turista di passaggio, con quel trucco e quell'abbigliamento non poteva certo essere sola, avrebbe fatto parte di una comitiva in pullman o almeno di un piccolo gruppo. Non poteva neppure essere una del luogo, però: qui, gli amanti del caffè sono un numero pietosamente irrisorio ed era improbabile che qualcuno avesse voglia di sfidare la pioggia sferzante di quel giorno, tanto meno vestito in quel modo. La gente del posto si veste in maniera più sobria.

Mentre me ne stavo lì imbambolato accanto al bancone, lei era entrata e si era seduta sotto la finestra. Gli occhiali erano al loro posto, adesso, ma le lenti rimandavano uno sguardo glaciale. Quando mi avvicinai al tavolo per portarle un bicchiere d'acqua biascicò con una fredda voce nasale: «Non deve essere di qui, lei, se ha aperto un locale in un posto del genere».

Assecondando il suo sarcasmo, mi guardai intorno. Certo, la posizione del mio locale era pessima, vicino a una vecchia fornace di mattoni in rovina e dall'altra parte della stradina i lavori per la costruzione dell'argine. Il ruscello era pieno dei sedimenti che il fiume Zhuoshui trascinava nel suo corso, lì in attesa di piogge ancora più forti che li spingessero fino al mare. Oltre a questo, la notte mi ronzava nel cervello un sottofondo ignoto che non aveva niente a che fare con il mare, distante un chilometro.

Non mi restò quindi che sorridere imbarazzato, di certo non me l'ero presa con lei che, a dir la verità, aveva un aspetto sciattissimo, con le gocce di pioggia che le scivolavano lungo i capelli e l'aria vecchia e trasandata che il trucco sfatto le conferiva.

«Vive qui da solo?» chiese.

Indicai il soppalco e lei emise un «ah!» sospettoso, sorridendo con distacco. Di certo non credeva che là dentro potesse starci qualcuno. Dopotutto non aveva torto, visto che il soffitto era piuttosto basso e un soppalco pareva insensato, eppure c'era. Ridottissimo, dentro era alto solo un metro e venti. Se dal bancone tendevo la mano per prendere qualcosa dal muro alle mie spalle, mi capitava di sfiorare la base del soppalco, praticamente urtavo il pavimento su cui mi stendevo tutte le sere per dormire.

Sul suo volto, come m'aspettavo, comparve un certo disprezzo. Si alzò e si avvicinò all'angolo per poi tornare indietro, come se avesse scoperto un nido di calabroni e ne stesse osservando i movimenti, attenta a evitare un loro attacco.

«Ci va volando, lassù, per dormire?»

«No, ovviamente ci salgo con la scala, la rimetto a posto la mattina quando apro il locale».

Evidentemente non soddisfatta dalla mia risposta, si girò a guardare la schiera caotica delle catapecchie poco lontane. In quel momento smise di piovere, ma anziché accennare ad andarsene, dopo aver scrutato gli spazi angusti che ci circondavano, d'un tratto sbottò rabbiosa: «Perché? Perché mai è voluto venire qui?» Il volto dal trucco sfatto era in fiamme, il mento tremava incontrollato.

Ah! Era questo, dunque, che le premeva sapere.

Se ne andò infuriata e io, come al solito, rassettai i tavoli e pulii il pavimento, quindi presi la scala per salire di sopra. Il soppalco aveva la superficie di due tatami e sdraiati ci si stava bene. Il problema era che bisognava muoversi carponi, non si poteva tirare su il collo altrimenti si sbatteva la fronte. Uno scolaretto sarebbe riuscito in qualche modo a infilarsi i pantaloni seduto sul letto, ma per un uomo con l'ossatura di un quarantenne, a meno che non si fosse allenato con impegno a strisciare come un rettile, quello spazio era effettivamente angusto come la via del destino, un buco soffocante dove anche un cagnolino avrebbe fatto fatica a muoversi.

Quella sera, tuttavia, qualcosa di strano turbò la mia solita routine. Arrivato a metà scala ebbi la sensazione di essermi dimenticato qualcosa, tanto che mi fermai per dare un'occhiata in giro, ma nel piccolissimo locale era tutto perfettamente al suo posto. Allora presi a sondare il mio cervello, ripensando al breve scroscio di pioggia caduto nel pomeriggio, alla gonna arrabbiata, alla sua fredda arroganza e alla voce che usciva da quel nobile naso altezzoso…

Infine, quando arrivai al mio giaciglio, un ricordo mi affiorò pian piano alla mente.

Ero già sdraiato, ma ero troppo impaziente per aspettare e decisi di uscire dal buio del soppalco. Steso sulla schiena, cercai con i piedi la scala, quindi strisciai sul sedere, spingendomi con una mano e poi con l'altra. Gesti che di solito richiedevano lentezza ma che quella volta compii in modo confuso, agitato, tanto che la scala rischiò di ribaltarsi.

Avevo fretta di controllare cosa avessi scritto nel diario il giorno dell'anno in cui avevamo incontrato Luo Yiming. Non l'avevo mai scritto con costanza, ma per fortuna quel diario mi aveva seguito in tutti i miei vagabondaggi e ora era chiuso in un cassetto al piano di sotto. Se ricordavo bene, dentro ci avrei trovato anche quella donna, di certo non descritta nel dettaglio, ma da quelle pagine sarebbe emerso perlomeno qualcosa che la collegava a casa Luo. Per quanto si trattasse di fatti del passato, il diario non mentiva, non mi avrebbe imbrogliato come aveva fatto lei presentandosi mascherata in quel modo, così da impedirmi di ricordare.

Non era la ragazza nascosta sulla scala, appena tornata da Taipei per le vacanze estive?

Aprii il cassetto e sfogliai le pagine fino al luglio di quell'anno e poi, di luglio, fino al ventitré.

Purtroppo c'era scritto soltanto: «Ospiti a casa Luo, caldo soffocante, non un filo di brezza».

Cosa mi era successo? Sembravo depresso, quel giorno, anche la scrittura era disordinata, confusa. Non ero appena tornato da casa Luo, dov'ero andato in visita con Qiuzi? È possibile che il mio io di allora nascondesse già un lato oscuro che sembrava sorridere, ma che quella sera si era rifugiato in un diario senza trovare le parole da scrivere. Doveva essere per forza così, altrimenti quello che avevo visto quel giorno a casa Luo, il porticato all'entrata, il ciliegio in giardino, gli splendidi arredi degli interni… erano tutte cose da scrivere in un diario, impossibile che non mi avessero colpito. Ma la cosa più importante era che la donna comparsa oggi doveva essere la ragazza nascosta sulla scala. Quella scala dalla struttura aperta mi era rimasta impressa nella mente, con lei che ci spiava dagli scalini di legno. Quando s'era accorta d'essere vista, era scivolata via come un gatto, senza far rumore, salendo i gradini in punta di piedi, scalza.

Gli anni col tempo sbiadiscono, ma un giorno preciso, se lo si fissa con una traccia scritta, non può sparire e le sensazioni che ci ha evocato prima o poi si risvegliano. Così mi succede adesso: anche se la ragazzina di allora è ormai una donna fatta, la sua bella figuretta mi si era fissata nei ricordi di quella giornata, come se l'averla vista una sola volta avesse reso più nitida l'impressione che mi aveva lasciato.

La cosa strana era che nel diario avevo appuntato solo qualche parola ma nello spazio appena sotto era disegnato un cerchio che conteneva il carattere "acqua". Perché mai l'acqua? Cosa pensavo stesse scorrendo via, quella sera? Quel piccolo "acqua" tracciato con un inchiostro ormai sbiadito trasmetteva una malinconia inesprimibile.

Ma certo! Che associazione impressionante: alla fine mi venne in mente che nello sgattaiolare veloce su per la scala, la ragazzina aveva in mano un bicchiere d'acqua che rifletteva la luce debole della finestra. Essendo scombussolata, ne aveva rovesciato qualche goccia che, mentre lei correva per eclissarsi, le era caduta sulle gambe. Mai avrei pensato che quelle gambe, oggi, sarebbero venute da me.

Erano arrivate con passo furioso e persino da ferme, sotto il portico, avevano continuato a sbattere le scarpe.

5.

Non passò neanche un giorno che la donna uscita dal diario ricomparve, in tarda mattinata. Bussò sul vetro della porta quindi entrò, senza fretta. Senza più la rabbia che aveva in corpo il giorno prima, forse lavata via dalla pioggia scrosciante, ora aveva il volto più rilassato, anzi, a essere sinceri aveva di nuovo un aspetto piacevole, con gli occhi neri che brillavano sulla bella carnagione bianca: la stessa grazia di quella volta sulla scala. Tutt'altra cosa rispetto al giorno precedente, quando a spiccare era solo il mento infuriato.

Mi diede il biglietto da visita: i caratteri del suo nome

stampati sopra erano Luo Baixiu, come avevo previsto. Mi dispiaceva per lei che doveva aver chiesto un permesso al lavoro per tornare a casa e, già preoccupata per la malattia del padre, l'aveva trovato in condizioni ancora più gravi. Una notte in bianco per lo sconforto doveva averla spinta a cambiare lo stupido atteggiamento del giorno prima, tanto che quando mi si ripresentò, aveva un'aria piuttosto mite.

Parlava a voce bassa, come per scusarsi, a capo chino, il collo coperto dalla coda di cavallo trattenuta da un fiocco. Probabilmente pensava che sapessi già tutto, perché appena si sedette andò subito al punto.

«Ieri sera ho portato di nuovo mio padre in ospedale e per poterlo visitare i medici hanno dovuto immobilizzargli mani e piedi. Quando siamo tornati a casa, in qualche modo con un farmaco si è addormentato, ma si è risvegliato subito. Si è vestito in tutta fretta, non so dove volesse scappare, da dopo mezzanotte non ha più chiuso occhio, fino all'alba».

Mentre mi raccontava questa scena, anziché guardarmi in faccia teneva gli occhi fissi sulle mie dita, come se fosse stata la mia mano a spingere suo padre in quella situazione disperata. Di sicuro le mie dita erano più sciolte della mia lingua, e parlavano al mio posto. Con la punta tamburellavano leggere sul tavolo un ritmo che pareva familiare, in realtà era un rumore idiota che nasceva dall'imbarazzo di trovarsi all'improvviso in una situazione difficile.

«Quando mio padre è venuto qua, possibile che abbia bevuto solo un caffè?»

«Era di passaggio, sarà entrato per caso».

«Che cosa gli ha detto?»

«Neanche una parola».

«Ah, ecco! Perché non gli ha parlato? Voleva spaventarlo, vero?»

La signorina Baixiu serrò le labbra, come se nelle mie dita avesse già individuato un indizio.

«Penso che le sia giunta voce di che tipo di uomo sia, tutto d'un pezzo, mai uno sbaglio». Proseguì poi rivolta al riflesso nel vetro della finestra: «Prima di andare all'università, ci fu un periodo in cui lo aiutavo ogni giorno a lavarsi le camicie. Notavo che nei suoi abiti non c'era mai una grinza, capii allora quanta fatica facesse a star seduto sempre impettito al suo posto di lavoro. È sempre stato un uomo apprensivo... Sono sua figlia, e in questa situazione inattesa non so cosa fare per lui».

«È proprio un uomo tutto d'un pezzo».

«E poi...» Trattenendo le lacrime continuò, orgogliosa: «Dandomi alla luce, mia madre ha avuto un parto difficile e se n'è andata il giorno stesso. Altri si sarebbero risposati subito, ma lui no, ha sopportato in silenzio per decenni, sempre solo, senza mai lamentarsi. Ogni volta che tornavo a casa per le vacanze, la cosa che più temevo era la sua insistenza nell'accompagnarmi alla stazione. Riesce a immaginarlo? In piedi sul binario come un militare, la mano sospesa a mezz'aria. Quanta solitudine! Qualcuno pensava che non sarei più tornata».

Per tutta risposta le bofonchiai qualcosa sottovoce per non interromperla, ma in realtà non avevo voglia di ascoltarla. Mi rassegnai a guardare le ombre degli uccelli che passavano fuori dalla finestra o, ancor più lontano, le nubi nere che si addensavano, foriere di pioggia. Io studiavo il colore del cielo e lei studiava la mia faccia, finché mi girai e lei abbassò lo sguardo battendo le palpebre, ritornando a fissare inquieta le mie dita.

Per lei ero sicuramente il colpevole, per questo era così spaventata e suscettibile. Lasciamola finire di parlare tranquillamente, pensai; quel chiacchiericcio continuo era pur sempre più piacevole del rumore fastidioso delle voci che giravano tra le bancarelle del mercato. Comunque, il signor Luo Yiming poteva fregarsi le mani: mentre lui si prendeva il tempo di ammalarsi, sua figlia si preoccupava di rinnovare la sua buona reputazione, mettendone in luce onestà, gentilezza e rettitudine come ombre che si stagliassero decise su una finestra di carta immacolata.

Dato che la signorina Baixiu mi fissava le mani, io ne approfittai per studiare il suo profilo. Le labbra sottili formavano agli angoli della bocca l'ombra di un arco molto seducente benché incurvato dalla tristezza. Peccato che una donna come lei portasse ancora il gonnellone del giorno prima, era ben fatta e una gonna normale non le sarebbe stata affatto male. In fondo lasciare intravedere un bel ginocchio non compromette l'integrità morale di un individuo, come non avrebbe compromesso quella di Luo Yiming se avesse lasciato slacciato il primo bottone della camicia.

«Un responsabile del tempio mi ha telefonato dicendo che mio padre, dopo aver fatto una cospicua donazione, invece di salutare e correre via come al solito, è rimasto lì con la ricevuta in mano e ha voluto firmare l'albo dei benefattori. Un cambiamento inaspettato per uno come lui, che ha sempre tenuto nascoste a tutti le sue buone azioni. Sempre secondo il racconto di quell'uomo, mio padre ha preso la penna ma è rimasto a pensare a lungo. Poi di colpo ha cominciato a scrivere la parte superiore del carattere del nostro cognome e la mano ha preso a tremargli spaventosamente. Quindi ha tracciato in fretta un componente diverso da quello che forma il carattere Luo, tramutandolo nel carattere che significa "Colpa". Un'enorme "colpa" che debordava dagli spazi della carta quadrettata.

«Lei non doveva rimanere zitto, il suo silenzio è stato come una vendetta nei confronti di mio padre» mi rimproverò. «L'ha fatto apposta a non scambiare neanche una parola con lui, non ci sarebbe stato niente di male a fare due chiacchiere, quel giorno. Del resto, per quale altro motivo avrebbe aperto un locale in questo posto se non per mettergli paura? Perché se ne starebbe da solo a passare serate interminabili nel buio pesto di queste pareti? Dice che le piace il mare, ma qui non se ne sente nemmeno l'eco e ci sono posti ben migliori da cui ammirare il paesaggio. Da piccola una volta sono passata velocemente di qua in macchina e non ci saremmo mai fermati, nemmeno per un secondo».

Quando mi aveva lasciato, Qiuzi aveva circa l'età di questa donna, in volto la stessa giovanile bellezza. Però Qiuzi parlava in modo sincopato, spesso cinguettando monosillabi da passero, che scivolavano via con un'ingenua naturalezza. La signorina Baixiu, invece, dava l'impressione di una profonda consapevolezza, oltre che di un pesante fardello sul cuore, tutte cose che condivano sempre i suoi discorsi, anche i più neutri, con un pizzico d'ansia, un filo di tristezza che le si accumulava ai lati della bocca, rendendo amaro il suo sorriso e aggressive le sue recriminazioni.

«Lo psichiatra dice che si tratta di una forma di autolesionismo. Ma che cosa lo tormenta? Quanto durerà? Che colpa ha mai commesso? Se lei ritiene che ne abbia commessa una, lo dica chiaramente!»

«Signorina Baixiu, non pensavo gli potesse succedere una cosa del genere».

«E chi lo pensava? Ieri si è alzato in piena notte e si è messo a mangiare, poi di colpo ha posato le bacchette. Credevo che finalmente si fosse deciso a dirmi qualcosa, invece no. In silenzio mi ha indicato la gola: una lisca di pesce gl'impediva di parlare. Ho preso la torcia e gli ho fatto spalancare la bocca, ma prima di riuscire a individuare la lisca ho visto le lacrime che gli rigavano le guance».

Non potei fare a meno di chiederle cosa ne fosse stato della lisca…

«Ma come, di tutto quello che le sto dicendo le importa solo della lisca?»

A quel punto non trattenne più le lacrime. In mano aveva un fazzoletto appallottolato che stringeva sempre più forte, un piccolo pugno tremante, indifeso eppure riluttante ad aprirsi.

Sembrava fosse venuta a confessarsi. Tra sensi di colpa, espiazioni e lische di pesce, di quel passo chissà quanti fiumi di lacrime avrebbe versato. Pensai bene di alzarmi subito e andare verso il bancone, dove rilavai gli strofinacci stesi ad asciugare e staccai la spina del macinacaffè. Poi, annoiato, uscii dal locale e rientrai per tornare alla cassa a contare lentamente le monetine e rimetterle quindi una a una nel cassetto. Mentre ripetevo quegli inutili gesti, la signorina Luo Baixiu non staccava gli occhi dalla mia schiena, ne percepivo lo sguardo così pieno di aspettativa da farmi comprendere che nella vita, in fondo, anche la disperazione non è poi così dolorosa. Confessare va sempre bene, ma forse lei avrebbe fatto meglio a essere più sincera, a metterci un po' di cuore e raccontare fino in fondo quel che aveva intuito osservando di nascosto quell'anno, e svelare i segreti del padre.

Naturalmente, lei alla fine tenne tutto per sé. Quando uscì, fuori stava giusto passando una sua vecchia conoscenza, con cui s'intrattenne un momento sul ciglio della strada. Poco dopo si mise a piangere, coprendosi il viso con la mano. L'altra persona, che probabilmente la stava consolando a proposito della malattia del padre, lanciò un'occhiataccia all'insegna del mio locale.

Ultimamente esco di rado e quando vi sono costretto per comprare da mangiare, faccio il possibile per andare al mercato nelle prime ore del mattino, così di chiacchiere se ne sentono meno. Ma non posso cambiare le sorti del mio locale, di giorno in giorno sempre più deserto. E con il pianto incontrollato della signorina Baixiu sul ciglio della strada, prima o poi i clienti spariranno tutti, come le sue lacrime.

Ovvio che non vivo soltanto di questo locale, ci sono giorni in cui vendo a malapena un paio di bibite, e quando arrivano i tifoni devo chiudere per almeno tre giorni. Ho qualcos'altro, con me, qualcosa di speciale. Se un giorno dovessi smettere di colpo di respirare, il dottore non capirà la causa della mia morte, anzi, scoprirà stupito che tutti i miei organi sono perfettamente sani e che nelle mie vene scorrono ancora delle cellule ostinate, determinate a non andarsene. Perché come me non riescono a trovare Qiuzi, e la sua assenza le getta in un tale stato d'allarme da costringerle a radunarsi per impedire al mio corpo di morire.

È così che campo. Anche gli asceti famosi hanno bisogno

di bere dell'acqua, io invece credo che per continuare a vivere mi basti aspettare Qiuzi.

6.

In sostanza alla signorina Luo Baixiu era capitato, quand'era una ragazzina ingenua, di intravedere il lato oscuro del padre, ma solo ora, dopo l'inizio della malattia, era corsa da me a chiedere aiuto.

Purtroppo a quel tempo io e Qiuzi eravamo ignari del nostro destino. Ogni volta che uscivamo da casa Luo, facevamo un giro per le vecchie strade della cittadina, fermandoci a mangiare polpette di gambero e frittata di ostriche, pieni di voglia di divertirci, soprattutto Qiuzi, che uscendo di rado non voleva mai tornare a casa troppo presto.

«Andiamo al mare» diceva eccitata, battendo la mano sulla macchina fotografica che teneva nello zaino.

«Te lo dico subito così non resti delusa. Ho sentito che qui non c'è una vera spiaggia e ci sono un sacco di detriti. Per di più la riva è tutta recintata, perché un tempo era sotto il controllo militare».

«Assurdo! Le onde non riusciranno neppure a prendere fiato!»

«Come sarebbe a dire? S'infrangono e basta».

«Stupido! Non hai appena detto che non trovano la spiaggia?»

Lo scooter correva verso il mare, dagli alberi frangivento arrivava un forte odore salmastro e la strada di terra gialla era piuttosto accidentata, ma noi eravamo felici. Ovunque Qiuzi volesse andare, fossero stati anche il paradiso o l'inferno, con lei ci sarei stato anch'io. E le visite a casa Luo erano l'unica occasione per farci poi qualche giretto insieme, perché di solito Qiuzi se ne stava rintanata in casa, e ogni settimana, quando tornavo con il treno notturno, la trovavo già addormentata sul divano.

Non si trattava di semplici gite al mare: sapevo benissimo che da quando aveva cominciato a prendere lezioni da Luo Yiming, Qiuzi aveva il chiodo fisso di riuscire a fare qualche bella foto. Lo scooter stava ancora sobbalzando sulla strada dissestata, che lei aveva già estratto la macchina fotografica dalla custodia di pelle e la stringeva al petto carezzandola con amore, come se fosse un animaletto da compagnia. Addirittura le parlava: «Fai la brava, sembra che non ci sia la spiaggia, ma tu non spaventarti».

Io cercavo di rallentare per darle modo di togliere con cautela il tappo dell'obiettivo e mettere a fuoco i campi di arachidi lungo la strada. Andavamo verso ovest, quindi la luce si rifletteva sul suo viso punteggiato di lentiggini. Mi giravo a guardarla e lei mi sorrideva, eccitata e sbarazzina, con quelle adorabili fossette che si agitavano dandole l'espressione di chi sta mangiando qualcosa di aspro.

Era piccolina, Qiuzi, non bassa di statura, ma con l'ossatura minuta. Il profilo della sua schiena era la curva più bella del mondo. L'unica imperfezione, se proprio si voleva trovarne una, era una minuscola cicatrice di quando era bambina, nascosta sotto il seno sinistro, che lei rivelava per un istante mentre si spogliava. Anche se eravamo ormai marito e moglie, nemmeno a letto c'era modo di liberarla da quell'imbarazzo. Riusciva sempre a schiacciare il seno sotto il braccio o contro l'ascella, formando un cuscinetto di carne di cui si vergognava e che non mi permetteva di sfiorare né di sbirciare.

Qiuzi mi concedeva dunque solo il seno destro, ma a me, in qualità di marito, stava naturalmente più a cuore quello sinistro così umiliato e offeso, tanto che quando era lontana e mi prendeva la nostalgia, la prima immagine che mi compariva davanti non era lei, ma quel piccolo seno nascosto sotto l'ascella, come un occhio che mi guardava da lontano, malinconico.

Chissà se anche con Luo Yiming lei lo nascondeva oppure, considerandolo un uomo che poteva dimenticare in fretta, riusciva per un attimo a lasciarsi andare e liberarsi di quel segreto imbarazzante per sdraiarsi supina, nell'intimità di un letto dove io non potevo vederla.

Che cosa le avrà detto Luo Yiming in quei momenti? Come te la sei fatta questa cicatrice? Ti fa ancora male?

La perdita di qualcuno che ami ti segue tutta la vita. In questi anni il ricordo di quella parte segreta di Qiuzi è andato pian piano sbiadendo, eppure quando vedo qualcuno con la macchina fotografica ricomincio a star male. L'espressione di quei volti sghembi intenti a mettere a fuoco mi disgusta al punto che più che il dubbio sulla fedeltà di quel seno, mi assale il terrore per quella cosa spaventosamente nera che è la macchina fotografica: anche quando sta puntando un perfetto sconosciuto, ho la sensazione che la sua lente nera stia fissando proprio il mio dolore.

Sono soprattutto le ingombranti reflex a scatenare i miei pensieri. Mi sembra che dietro a ognuna di esse ci sia Qiuzi con l'occhio strizzato, con accanto la sagoma di Luo Yiming che la aiuta a sistemare l'obiettivo, che la guida nel labirinto di un mondo di colori improvvisamente in subbuglio, che continua a regolare l'inquadratura, strusciandosi contro di lei. E vedo persino la posa di Qiuzi, le sue dita, il suo respiro sottile e i capelli che si agitano spettinati dal vento.

Naturalmente la prima volta che andammo verso casa Luo o verso il mare non era ancora successo niente. Davanti a un bivio avremmo dovuto solo scegliere una direzione o un'altra, sarebbe stato soltanto un bivio apparso all'improvviso e niente più. Nessuno poteva immaginare che quella strada ci avrebbe portati in una selva oscura, soprattutto davanti ai paesaggi incantevoli che incontrammo lungo il percorso e che riempirono di gioia il nostro viaggio.

Alla fine il nostro scooter arrivò dove adesso c'è la mia caffetteria.

L'argine sul fiume era già stato costruito, ma lì attorno non c'era anima viva, come se la cittadina si fosse scordata da tempo di quel posto. Sull'argine c'erano dei ciuffi di canne in fiore che oscillavano al vento, solitarie. Qiuzi mi batté sulla spalla per farmi fermare.

«Guarda, i giunchi stanno salutando, come amanti che si lasciano».

Con lo sguardo sconsolato da ragazzina scattò delle foto, quindi all'improvviso disse in tono scherzoso: «Se mi abbandonerai, verrò qui ogni giorno ad aspettarti. Ricordatelo, parlo sul serio!»

Incredibile a dirsi, eppure, quando il destino viene a bussare alla tua porta, spesso è una battuta del passato a trasformarsi in tragedia.

Qiuzi però aveva sbagliato, era stata lei ad andarsene. E io, per paura che lei passasse di lì senza notarli, ho dipinto di bianco i caratteri incisi sul legno dell'insegna: ANDARSENE DA CASA.

7.

Davanti al municipio c'era una grande animazione: Luo Yiming era stato eletto rappresentante dei "Benefattori della società". Da un angolo del crocevia sentivo scoppiare i petardi che rimbombavano per tutta la strada. Dopo il botto i frammenti volavano via con il fumo, mentre i pezzi non scoppiati venivano trascinati dalle auto sul terreno bagnato di pioggia, finendo schiacciati in mezzo alla strada insieme ai mozziconi delle sigarette della sera prima.

Nella bacheca, oltre alle strisce celebrative di carta rossa, era appeso un annuncio che raccontava le imprese di Luo e gli auspicava sinceramente ogni bene, in un tono sentimentale grondante gratitudine, probabilmente scritto da una donna. Non capitava spesso che il paesello guadagnasse gli onori della cronaca: ovunque erano appiccicati ritagli di giornale, così che i tre caratteri del nome di Luo Yiming cominciarono a spuntare un po' dappertutto, con il suo volto a far capolino sorridente e soddisfatto nei resoconti fotografici delle varie attività benefiche da lui sostenute. Nessuno, guardando quel viso dall'espressione tanto radiosa, avrebbe immaginato l'improvviso tracollo che qualche anno dopo avrebbe colpito quell'uomo.

Al mondo d'oggi è difficile essere una brava persona, le buone intenzioni non bastano. In sostanza non si trova tutti i giorni uno come Luo Yiming, per questo, al fine di ricavare spazio e dare pieno risalto a un così raro galantuomo, il comune aveva rimosso temporaneamente le normative sui venditori ambulanti, gli annunci sulla ricognizione dei lotti di terreno marginali e gli appelli al risparmio energetico.

Arrivò agosto. Mentre l'asfalto si rammolliva sotto il sole cocente, la ghiaia del viottolo davanti al locale rifrangeva bagliori metallici. Quando non c'erano clienti, prendevo una bella manciata di ciottoli e seduto sotto il portico li lanciavo mirando ai buchetti scavati tra la ghiaia. Tiravo un sasso dopo l'altro, più volte al giorno. Con lentezza, lasciando passare una decina di secondi tra un lancio e l'altro, immaginando che quei sassi fossero ranocchi che saltavano nel campo. Fantasticavo su come un giorno si sarebbero finalmente messi a gracchiare tutti insieme per aiutarmi a risvegliare i giunchi ancora immersi in un sonno profondo.

Il mio piccolo locale continuava a bollire nel pentolone della calura estiva, ma fortunatamente era un periodo tranquillo. Ogni tanto giungevano notizie della malattia di Luo, ma niente di tragico. Bastava resistere all'estate torrida e sarebbe arrivato l'autunno, i giunchi sull'argine avrebbero messo ciascuno la propria spiga e finalmente un giorno avrebbero cominciato a oscillare pigramente al sole del tramonto. Chissà, forse allora sarebbe arrivato senza far rumore qualcuno, schermato da quel bianco ondeggiare e con il vento di Haikou nei capelli spettinati e nella gonna svolazzante, reale come l'immagine di un sogno appena prima del risveglio.

Mi confortava che agosto stesse volgendo rapidamente al termine, ma per alcuni giorni ebbi la sensazione che rallentasse e non potei non interpretarlo come un segno: qualcuno da lontano mi stava scrivendo una lettera, la penna frusciava gentile sotto una lampada solitaria e la sua dolce malinconia si propagava silenziosamente all'esterno. L'intero autunno parve fermarsi per aspettare lei, per aspettare che finisse di scrivere e infilasse con discrezione la lettera nella buca della posta. A quel punto cominciò a soffiare il vento e finalmente, uno qui uno là, i fiori degli alberi del fuoco iniziarono a cadere.

Era una lettera di tre pagine, con la firma di Luo Baixiu.

Le diedi una scorsa veloce, senza aspettarmi niente. Non avrei mai immaginato che invece la signorina Baixiu scrivesse:

> Non ho partecipato alla cerimonia di assegnazione del premio a mio padre, ho pensato che fosse meglio scrivere a lei, perché soltanto lei sa che cosa dovrebbe fare mio padre, solo lei può salvarlo. Ho pensato anche, però, che questo è impossibile, perché se fossi lei non vorrei che lui guarisse.
> Ma in fin dei conti io non sono lei e, soprattutto, lui è mio padre.

La calligrafia era bellissima, peccato che in vari punti avesse usato troppa forza e la densità dell'inchiostro non fosse uniforme. Probabilmente aveva cambiato penna durante la scrittura, o si era fermata molto a pensare tra una frase e l'altra di quella prosa sofferta, traboccante di significati. Il paragrafo successivo mi provocò un'improvvisa fitta al cuore:

> In quel periodo ricevevamo molti ospiti; quando mio padre era qui per le vacanze venivano a trovarci vecchie conoscenze della cittadina, ma soprattutto uomini d'affari di ogni settore. Dopo un po', lui non sopportò più quel viavai e chiuse la porta a tutti, fuorché a voi due. Vi aspettava camminando avanti e indietro per il giardino.

A essere sincera, ancora oggi ho nostalgia di quella ragazza che coi suoi occhi luminosi sembrava riempire tutto il soggiorno. Le ero grata per la sua risata, cosa rara in casa nostra. Non mi stupiva, quindi, che a mio padre piacesse così tanto. Se nella sua vita a quel punto c'è stato un cambiamento, è cominciato proprio da lì.

Ah! Dunque in questi due mesi la signorina Baixiu aveva capito la verità ed era disposta a svelarmi i suoi segreti. Aveva iniziato a districare il bandolo della matassa e aveva intenzione di scioglierla accennando spontaneamente al mondo sentimentale del padre.

Ma l'evocazione del passato si fermava lì, perché a quel punto il discorso virava sulla sorella del signor Luo, la zia che si prendeva cura di lui ma che adesso, per via di certi impegni, cedeva il turno a lei. Scriveva ancora:

Tornerò ogni settimana e vorrei chiederle di darmi l'opportunità di sfruttare queste occasioni per sedermi tranquilla nel suo locale. Smetterò di recitare la parte della donna odiosa e lei non dovrà più rispondere a stupide domande. Se in passato è davvero successo qualcosa, era oltre il mio controllo. Perdoni dunque la mia debolezza e mi permetta di sedermi davanti a lei come un ostaggio.

8.

E così, dall'inizio dell'autunno, ogni sabato pomeriggio arrivava dal ponte la macchina della signorina Baixiu. Percorreva lentamente la stradina di ghiaia e si fermava nel prato vicino al muro del locale. Lei non aveva nessuna fretta di scendere, anzi, se nel locale c'era ancora qualche cliente, se ne stava seduta alla guida dietro il parabrezza all'ombra dei bambù, fino a quando l'ultimo avventore di quei pochi tavoli non se ne fosse andato.

La prima volta entrò subito, ma non appena vide che c'erano dei clienti, si nascose accanto alla colonna e cominciò a sfogliare lentamente un libro, con i capelli che si scompigliavano quando si voltava verso il vento marino che piegava le cime degli alberi. Il monsone di settembre non era forte: percorsi da Haikou due chilometri verso est, una volta arrivato al fiume, era ridotto a una brezza. Ma la signorina Baixiu non era certo venuta per ascoltare il vento, né era interessata alle pagine che aveva davanti agli occhi. Ogni tanto beveva un po' d'acqua bagnandosi le labbra come un gatto, tenendosi poi in bocca un ultimo sorso che deglutiva lentamente, come se ingoiasse una preoccupazione.

In questi due mesi, per trovare i momenti più calmi e senza clienti, dal dopo pranzo spostò la sua visita alle tre del pomeriggio, poi alle cinque, finché nelle ultime settimane, ormai ospite abituale, cominciò ad apparire al crepuscolo, prima di cena, quando il locale stava per chiudere.

Doveva essere una bella fatica per lei prendere ogni venerdì notte l'ultimo treno della linea ad alta velocità appena inaugurata che da Taipei la portava alla stazione di Wuri, nel centro del paese, dove doveva cambiare per salire sull'ultimo autobus. Non so che cosa pensasse durante il viaggio, ma la immagino esausta mentre sobbalza sulla strada verso casa e si prepara all'incontro del giorno dopo, quando, come aveva detto lei stessa, si sarebbe seduta davanti a me come un ostaggio.

Rimanere in silenzio era una vera tortura per una ragazza giovane come lei e mi chiedevo se non fosse un voto, se non avesse scelto quel tormento del tutto insensato per salvare suo padre. Arrivava puntualissima, ma non aveva fretta di andarsene nemmeno quando si faceva tardi; per tener fede a quanto scritto nella lettera e non apparire odiosa, restava tranquillamente seduta. Era come un debitore coscienzioso, che ogni tanto si fa vedere spontaneamente per dimostrare di non essere scappato e di essere sempre pronto a riparare la colpa commessa.

Naturalmente la signorina Baixiu non mi era debitrice di un bel niente. Forse era soltanto perché nella vita avevamo incontrato difficoltà simili che aveva pensato di cercare una riconciliazione adottando quell'atteggiamento passivo. E poi, come a esprimere un monito silenzioso, non prendeva mai il caffè, quasi volesse dimostrare di non essere venuta con intenti romantici. Ovviamente attirava l'attenzione dei clienti, per questo, se vedeva qualcuno nel locale, preferiva starsene in auto, sotto gli alberi, a volte addormentandosi persino, sfinita, con la testa ciondoloni.

Qualche volta la signorina Baixiu, che beveva solo acqua, portava dei dolci fatti in casa. Prendeva dal bancone dei piattini e ci sistemava i vari dolcetti, poi li metteva sul suo tavolo e quando le veniva fame ne sbocconcellava uno, masticando piano, a volte bevendoci su qualche sorso d'acqua, con l'aria di chi è stato abbandonato. Ne avanzavano sempre, anzi, in realtà ne avanzavano molti, e quando se ne andava, non li portava via, come se fosse sicura che qualcuno, pur di non lasciarli lì, li avrebbe presi di nascosto dopo che lei fosse uscita e li avrebbe mangiati per cena, un lieve conforto per le interminabili notti di un uomo solo.

Di certo pensava che io soffrissi.

Per questo motivo, un fine settimana portò anche un barattolo di tè. Dopo aver steso sul tavolo una tovaglietta di stoffa, sistemò le tazze e, presi da fuori dei rametti di bambù, li usò come decorazione. Si stava facendo buio, creando l'atmosfera di solitudine che probabilmente lei cercava: una cittadina sul mare e un piccolo caffè immerso nella quiete, e dentro solo io e lei, intenti a fissare il fumo che cominciava a uscire dal bollitore.

«Così possiamo rilassarci entrambi» disse.

«Signorina Baixiu, non c'è bisogno che faccia tutto questo».

«Ehm, oggi ho tante cose da dire». Spinse il tè verso di me e posò con coraggio il suo sguardo triste sul mio volto. «D'ora in poi mi chiami Baixiu».

Signorina Baixiu... mi fermai, rimanendo a lungo a pensarci.

«Voi Luo siete di una classe sociale più elevata, preferisco chiamarla "signorina"».

Non replicò, ma gli occhi le si riempirono di lacrime, che cominciarono a scendere non appena voltò la testa.

Guardai fuori dalla finestra i raggi del sole che si andavano spegnendo e le foglie dei bambù che grattavano il vetro. Il cinguettio delle peppole di ritorno al nido mi immalinconì: di solito a quell'ora la serranda era già abbassata, ma lei sembrava voler iniziare la serata proprio in quel momento. Il vento cessò e la sentii dire: «Potrebbe mettere un po' di musica».

Così feci e mi fermai al bancone a lavare delle tazze e dei piattini. La musica cominciò a fluire e con la coda dell'occhio la vidi versare l'acqua nella teiera per riscaldarla. Devo dire che compiva ogni gesto con estrema eleganza, sollevava la teiera a un'altezza perfetta e ci metteva le foglie di tè con una grazia infinita. Se fosse stata una cliente qualsiasi, passata di lì per caso, quella serata vicino al mare sarebbe stata davvero memorabile.

Purtroppo non era così. Non solo era lì per un motivo ben preciso, ma mossa dopo mossa andava creando con tatto l'atmosfera giusta. Il solo pensiero di ciò che lasciava presagire la sua lettera mi rendeva diffidente: perché appena sfiorato l'argomento "Qiuzi", si era fermata? Forse era una tattica per indurmi a chiederle la verità su quel periodo, ma in realtà non mi interessava più. Era la storia mia e di Qiuzi, e nessuno dei due avrebbe mai voluto che qualcuno la riassumesse così, con noncuranza e superficialità.

Arrivai a sospettare che volesse creare una sorta d'intimità – che non definirei amore – con lo scopo di accorciare le distanze tra noi. Era come se dopo una lotta feroce mi tendesse una mano gentile, ma la sua pacatezza aveva l'effetto contrario di mettermi in ansia.

Aspettavo il momento in cui la sua pazienza sarebbe

giunta al limite, non poteva umiliarsi all'infinito, forse a un certo punto si sarebbe alzata per dirmi tra le lacrime: ecco, ho fatto tutto quello che deve fare un ostaggio, cosa vuoi di più? Ora chiudi il locale e vattene subito da questo posto.

Nella vita, così come non si mangia mai un dolce senza pagarne il prezzo, non si beve mai un tè senza scontare qualcosa.

Stavamo per finire la nostra piccola cerimonia del tè, quando mi pose una domanda inattesa: «Crede in qualche dio?»

Scuotendo la testa le risposi che un tempo credevo negli uomini...

«Oh...» mormorò con tenerezza, «capisco allora perché non riesce a uscirne».

«Io sto benissimo, anzi non c'è bisogno che lei torni a trovarmi».

«No invece, certo che tornerò: devo risvegliare la sua anima».

9.

La signorina Baixiu, che voleva risvegliare la mia anima, si era addormentata in macchina.

In tutta la giornata erano passati soltanto un paio di clienti, ma la sera un gruppo di coppie, di ritorno da un'esplorazione della laguna, invase il locale. Tra loro c'erano giovani insegnanti, ciascuno con una macchina fotografica che certamente aveva immortalato rondini di mare, anatre e granchi violinisti. Tra risate eccitate ed eccessive fioccavano le curiosità sul mio locale: quanti caffè vendevo al giorno? C'era movimento anche di sera? Che sorpresa trovare lì un posto del genere...

Quando, finito di bere, se ne andarono, abbassai la serranda ma arrivato a metà mi sovvenne che era uno dei fine settimana della signorina Baixiu. Guardai fuori e, come mi aspettavo, sotto l'albero scorsi il bianco del bagagliaio della sua automobile. Come udì il rumore della saracinesca, scese in fretta e saltellò fino alla porta, infilandosi nella metà ancora aperta.

Rimasi di stucco. Gli occhi mi caddero su una minigonna da cui spuntavano cosce e ginocchia candide che mi venivano incontro fiduciose. Non mi azzardai a soffermare lo sguardo, limitandomi a pensare che quel giorno la signorina Baixiu indossava una gonna troppo corta; ebbi addirittura il dubbio che ne stesse sollevando l'orlo, cosa impossibile perché teneva le braccia incrociate sul petto, come fosse infreddolita o impaurita.

Non mi restò che guardarle il volto, che sebbene ancora arrossato dal sonno trovai insolitamente più luminoso: si era tagliata i capelli. Non li aveva solo accorciati, li aveva mozzati fino alle orecchie, lasciando scoperto il collo bianco come la neve, prima celato sotto la chioma.

Davanti a questa nuova signorina Baixiu rimasi spiazzato.

Naturalmente lei aveva assoluta libertà in ambito estetico, senza contare che i miei canoni di bellezza non erano ben definiti. Per me, la distinzione tra bello e brutto dipendeva da sensazioni momentanee, a volte il troppo bello era il riflesso del brutto mentre un'estrema bruttezza poteva avere in sé del bello. Il senso estetico della signorina Baixiu non mi riguardava e non ne facevo un problema di lunghezze: c'è chi gira con minigonne inguinali e non è detto che un gonnellone trasandato come quello con cui lei si era presentata la prima volta sia più elegante. La bellezza sta nella giusta misura e la gonna che indossava quel giorno non aveva niente di osceno. Eppure ero rimasto colpito perché era diversa dal solito: quell'improvviso passaggio dal lungo all'esposizione delle cosce dava sì un senso di luminosa freschezza, ma stonava in quello specifico contesto.

Intanto lei era andata al lavandino a fare non so che, e vederla di schiena mi innervosì ancora di più. Tornando alle gonne corte: due gambe storte o tremanti di freddo non sono belle. Se una volta scoperte restano due tronchi di carne senza vita, tanto vale tornare a coprirle. Stesso discorso per i capelli corti: non si addicono a tutte, ad alcune danno luminosità, per altre il taglio è una reazione a una ferita sentimentale.

Nel caso della signorina Baixiu, apparentemente non c'era alcun motivo per cambiare acconciatura, se non – sospettai – quello di prendersi gioco di me.

Il taglio corto di Qiuzi per me era naturale o, almeno, quando ci eravamo conosciuti lei aveva i capelli corti e non li aveva mai fatti crescere oltre il mento. Dietro finivano a punta come il musetto di una volpe che fissasse il candore niveo della nuca. Il volto piccolo e il fisico affusolato, sembrava un uccellino e più che parlare cinguettava. Se una siffatta Qiuzi si fosse di colpo lasciata crescere i capelli assumendo così un'aria più raffinata, avrebbe finito con lo spaventarsi del suo stesso cinguettio.

Naturalmente mi auguravo che la mia congettura fosse sbagliata, visto che la signorina Baixiu sembrava molto soddisfatta del cambiamento, le ridevano persino gli occhi, e quando, dopo essersi asciugata le mani al lavandino, venne verso di me, aveva gli angoli della bocca all'insù e non evitava più il mio sguardo come faceva prima.

Insomma, posso dire con certezza che quella che entrò nel mio locale quel giorno era una signorina Baixiu nuova di zecca.

E fu proprio questo a infastidirmi: perché mai si era tagliata i capelli come Qiuzi?

«Sono sicura che mi aspettava» disse.

Spostò leggermente due tavoli, indietreggiò per controllare e poi tornò a risistemarli. Tirò fuori una vecchia tovaglia blu scuro che aprì scuotendola a mezz'aria. Sull'angolo destro era stampato qualcosa, dei punti grigio chiaro che mi parvero fiori di pruno.

Prima di risvegliarmi l'anima, voleva forse fare un gioco di prestigio facendo uscire una colomba dalla tovaglia.

Risi tra me, ripensando all'aria patetica che aveva la volta quando si era presentata sotto la pioggia, e ricordando la lettera in cui diceva che voleva essere il mio ostaggio. Ma ora, quella sera a più di sei mesi dal mio ritorno nella cittadina, eccomi a scoprire, per opera sua, che la mia anima era perduta e a permettere a lei di ritrovarla grazie a una tovaglia.

La stese sul tavolo e indicò la serranda, chiusa a metà. Capii cosa intendeva: in effetti fuori era già buio. Anche se a oriente il cielo era illuminato dal debole alone di una falce di luna, l'area intorno a Haikou era una desolata landa in penombra. Solo quando chiusi del tutto la serranda, la luce della lampada prese finalmente vigore e il mormorio del fiume sparì, lasciando spazio a un silenzio assoluto.

«Chiuda bene anche le finestre e tiri le tende».

Feci tutto quello che mi aveva chiesto e le domandai se voleva di nuovo della musica.

«No» rispose.

«Le dico subito che qui non ci sono candele, se vuole fare qualche strana magia».

Stavolta non replicò, ma batté le palpebre un paio di volte, aspettando che mi sedessi.

Imbarazzato, volsi lo sguardo alla serranda appena chiusa, poi alla mia ombra nel soppalco e infine ai bonsai rimasti da quando avevo aperto il locale a inizio estate. Alla vista di tutte quelle cose assurde, piombai in depressione come al solito.

Per fortuna c'era lei con me. D'un tratto si chinò in avanti e con un sorriso appena accennato mi disse: «Tranquillo. Meglio non cominciare, se non si è pronti».

II

Forse parlavo nel sonno

La Cadillac – l'ammiraglia nera dei miei sogni, una berlina di lusso estremo – mi porta in crociera lungo la strada, come una nave. L'autista tira la tendina bianca dietro la sua postazione e il sedile passeggeri piomba di colpo in una silenziosa intimità. Sento solo il battito del mio cuore e ho la sensazione di essere un ladro che dopo un colpaccio se ne stia seduto in una saletta privata.

Scosto la tendina del finestrino e sul lato del cofano vedo sventolare la bandierina rossa e arancione con lo stemma. Il vento primaverile porta con sé un bagliore caldo che annebbia la vista e tutto appare inverosimile, come in un sogno. È in momenti come questo che mi torna in mente mio padre, attaccato al suo angolo buio da cui non poteva mai staccarsi, altrimenti l'avrei voluto seduto accanto a me, per un attimo senza i suoi stivaloni di gomma, a godersi il sudore della fronte che si trasforma in musica. Chiederei all'autista di rallentare: non c'è fretta, a mio padre, invece, di tempo ne era rimasto poco.

Chissà che cosa pensava quella sera, perché mai sarà salito in bicicletta e avrà preso una direzione insolita andando al fiume. Non era ancora febbraio e l'acqua era gelata. Era ormai da tempo che le donne non facevano più il bucato lì, eppure lui vi era affondato in cerca di calore, lasciandomi solo ad abbracciare il lutto di mia madre.

1.

Ah, signorina Baixiu, la coscienza umana deve formarsi quando si è ancora bambini: il primo ricordo felice può nascere dal primo paio di scarpe da ginnastica e spesso i nostri sogni iniziano dall'amore per qualcuno. Nella vita si fanno tante esperienze diverse, sono rari gli uomini che fanno eccezione.

Ma torniamo alla mia anima: cosa intende fare per risvegliarla? Avrebbe dovuto essere lì a vedermi nella mia infanzia, quando avevo otto anni. È mattina presto ma ho già messo le scarpe. Si sbrighi a svegliare la mia anima perché sto per cominciare ad affrontare una vita di gioie e dolori.

Mi ero allacciato da solo le scarpe e con la cartella in spalla non aspettavo altro che quel mio primo giorno di scuola. Il sole si era già arrampicato sul tetto e io, impaziente, trascinavo mio padre fuori dalla porta, senza dargli il tempo di finire di imboccare mia madre, che restò da sola, seduta sulla terra battuta.

Una volta sbucati in strada, mio padre mi lasciò la mano dicendo: «Dai, da qui corriamo».

Anche se non vedevo l'ora di arrivare a scuola, mi dispiaceva troppo sporcare di sudore i vestiti nuovi di zecca.

«Allora corriamo per un po' e quando siamo vicini al cancello della scuola ci fermiamo e camminiamo».

Non appena il papà disse queste parole, iniziai a correre tutto d'un fiato e me lo lasciai alle spalle.

Ripensandoci, doveva essere di fretta anche lui, visto che lavorava nella scuola dove stavo per cominciare i miei studi. Lungo il tragitto non mi sentivo angustiato dai dubbi o dagli imbarazzi tipici del remigino, ma pensavo soltanto a trovare la mia aula e sedermi al mio posto, orgoglioso del fatto che mio padre in quella scuola ci entrava tutti i giorni senza che nessuno lo fermasse all'entrata.

Davanti al cancello oltre ai molti genitori c'erano gli addetti della scuola che zelanti accompagnavano gli studenti a registrarsi. Noi stavamo per entrare quando uno dei ragazzi più grandi gridò con una voce strana: «Signor Zhang, è in ritardo oggi!»

Mio padre sorrise senza rispondere, ma io ero felicissimo: se l'avevano riconosciuto da lontano voleva dire che lì dentro lui era uno che contava. Nemmeno il postino, sempre lì avanti e indietro con la sua bici a consegnare lettere, mica tutti sanno se si chiama Zhang o Huang.

Dopo avermi affidato all'insegnante, mio padre si dileguò. Al suono della campanella della prima ora lo aspettai invano in corridoio, stessa cosa alla fine della seconda ora, ma lui non compariva. Ero deluso, ma immaginai che essendo il primo giorno di scuola dovesse essere molto impegnato, tra compiti amministrativi o altri incarichi più importanti, altrimenti non mi avrebbe abbandonato così, senza dirmelo.

Quando iniziò l'ultima lezione, invece di entrare in aula camminai quatto quatto lungo il muro, alzandomi in punta di piedi e sbirciando all'interno di ogni finestra della scuola, ma di lui nessuna traccia. Mi spinsi addirittura davanti alla porta della presidenza: la targa sul muro mi fece venire la pelle d'oca, perché ero convinto che l'avrei trovato lì, ma allo stesso tempo pensavo che sarebbe stato davvero incredibile. Per un momento rimasi sopraffatto da quell'ipotesi così sublime, tanto che il mio cuore cominciò a battere all'impazzata.

In realtà la preside era un'anziana signora con gli occhiali che le pendevano sul petto, appesi a due catenelle che oscillavano quando muoveva le mani.

Nella scena successiva ecco apparire lui, avvolto in un impermeabile di gomma nera e con ai piedi dei goffi stivaloni da pioggia. Accovacciato sotto la stufa in una baracca di lamiera sfregava con vigore il pavimento incrostato. Di fianco, contro il muro c'era un'intera fila di bollitori, sul tavolo piastrellato un'infinità di bottiglie d'olio e aceto, nonché mucchi di verdure. Da quella cucina usciva un'ondata di calore rovente, mentre sul fondo della stanza due ventilatori incassati in cavità bianche rimestavano ininterrottamente l'aria, producendo un rumore assordante. Lo vidi che sfregava, le mani una sopra l'altra sulla plastica di una grossa spazzola dalle setole rosse, sfregava con tutte le sue forze. Finito di sfregare, risciacquava, quindi ricominciava a sfregare. Tra il rumore dei ventilatori e la concentrazione sulla spazzola, non si accorse di me che da dietro l'avevo osservato per tutto il tempo.

Non lo chiamai, ma lasciai di soppiatto la baracca di lamiera e aspettai la campanella di fine lezione per mescolarmi tra gli altri e tornare a casa. Mia madre era ancora seduta per terra, ma si era spostata all'interno della casa. Le pulii la saliva dal mento, ma siccome era contenta, dalla gioia ne produceva sempre di più.

Quando tornò, mio padre mi chiese com'era andata a scuola, come mi fossi trovato e se mi fossi fatto nuovi amici. Snocciolai qualche nome – la mia prima bugia – perché in realtà erano i nomi dei miei compagni di gioco del vicolo, ma lui non diede segno di capire che lo stavo imbrogliando, semplicemente non rispose.

Nei tre anni seguenti non andai mai più a scuola con lui. Ogni mattina trovavo una scusa, m'infilavo in bagno o risistemavo la cartella, per farlo uscire prima di me. Quindi passavo per un vicolo prima di immettermi nello stradone, e poi uscivo di corsa dalla scacchiera di stradine parallele, per entrare nel cortile della scuola dalla porta posteriore.

Quando facevo la quarta elementare, il padrone di casa ci sfrattò e ci trasferimmo in un posto più lontano dalla scuola. Era una casa ancora più fatiscente, ma di bello aveva un piccolo spazio lungo e stretto davanti all'entrata con una pianta di luffa che s'arrampicava sul muro. Quando fioriva, era tutto un danzare di api che a loro volta richiamavano le libellule dai campi. Arrivava anche qualche passero e un'infinità di insetti a me sconosciuti, che facevano il nido nei mucchietti di terra. Finalmente mia madre aveva qualcuno con cui parlare, durante la giornata, e i suoi versi gutturali assumevano una vivacità e una sfumatura più piacevoli.

Con la scuola più lontana, ora ero costretto a uscire con mio padre. Ci avevano regalato una vecchia bicicletta e io mi sedevo girato di lato sul portapacchi, pronto a saltar giù quando incontravamo una salita nei campi. Il tragitto durava una mezz'ora, durante la quale io e mio padre non parlavamo. Si fermava sempre al tempio del dio della terra, nei pressi dell'entrata della scuola, e mi faceva scendere per pregare con lui. Finita la preghiera, si tratteneva ancora a parlare con il dio, io andavo a scuola senza aspettarlo.

Verso la metà del semestre, sparì la cassa della società di mutuo soccorso organizzata da mio padre. Nel periodo che seguì, tutti i giorni c'era qualcuno che veniva a cercarlo a scuola per chiedergli soldi. Alcuni andarono a lamentarsi dalla preside, altri lo guardavano inflessibili mentre s'inginocchiava a implorare una dilazione. Insomma, dovetti assistere a molte scene insopportabili, ma non potevo far altro che sbirciare di nascosto, come quando avevo scoperto che era il bidello della scuola.

La primavera dell'anno seguente cominciò un certo viavai in casa nostra, sempre intorno all'ora di cena. Una volta arrivati tutti, veniva chiusa la porta e il gruppetto si metteva nella piccola stanza dietro la stufa a giocare a carte. Mio padre si divideva tra me e i miei compiti e l'incombenza di entrare nella stanzetta a intervalli regolari per versare il tè o svuotare i posacenere. Sul tardi usciva a comprare qualcosa da mangiare e da bere per gli ospiti, e a volte ci scappava anche qualche caramella che senza far rumore mi lasciava sul letto.

Li guardavo, tutti seduti intorno a un tavolo rotondo con una manciata di banconote in mano e una montagna di soldi al centro del tavolo. Quando l'ultima carta da poker veniva scoperta, il vincitore tirava a sé il mucchio di soldi che univa alla propria pila di banconote, dando qualche spicciolo a mio padre. Fu con quella scena che nacque in me il concetto di denaro. Con i soldi guadagnati in quel modo mio padre comprò una bici con il cambio e poté portare mia madre in ospedale, dove rimase per tre giorni. Acquistammo anche il primo televisore e proprio quell'anno, in aprile, ci fu il naufragio nel porto di Su'ao, nel quale morirono più di trenta professori e studenti. Ricordo ancora le dimissioni del ministro dell'istruzione, Jiang Yanshi.

Mentre un ministro perdeva il potere, mio padre, che di potere non ne aveva affatto, cercava di riscattarsi grazie all'altrui gioco d'azzardo. Fu allora che il mio rispetto per il potere cominciò a vacillare, intanto mi rendevo conto che il denaro contava più di ogni altra cosa. Erano stati i soldi a permettere il miracoloso miglioramento di mia madre, che grazie alle cure mediche ora riusciva persino a rammendarmi le calze. Non aveva recuperato appieno l'uso delle mani e delle gambe, ma quando la vidi spezzare con i denti il filo con cui mi aveva aggiustato i calzini, scoppiai a piangere per l'emozione.

Nella mia mente, dunque, si rinsaldò l'idea del denaro: se ne avessimo avuto, mio padre forse avrebbe smesso di sfregare pavimenti e mia madre non si sarebbe più seduta per terra. Meditai a lungo, finché decisi che potevo fare qualcosa anch'io. Se in qualche modo fossi riuscito a guadagnare soldi mentre dormivo, sarebbe stato perfetto: quelle lunghe notti di sonno non sarebbero andate sprecate.

Fu per questo che arrivò la capretta che viveva in un recinto accanto a casa nostra. Era nera con un anello grigio sul collo, belava con voce roca come se facesse fatica a adattarsi, al pari di me, che mi ero abituato alla scuola solo in quinta.

Ogni mattina all'alba la prima cosa che facevo appena alzato era andare a guardarla e accarezzarla dall'esterno del recinto. Cresceva più lentamente di quanto avessi sperato, ma era il primo obiettivo che mi ero posto nella mia adolescenza. Per me rappresentava il misto di odio e tenerezza che provavo nei confronti di mio padre ed era a lui che l'avrei regalata, una volta cresciuta.

Avevo raccontato a Qiuzi questi eventi del passato, ma purtroppo non avevo fatto in tempo a dirle com'era finita la storia della capretta. A parte quest'episodio, le parlavo raramente dei miei genitori, perché pensavo che l'amore richiedesse riservatezza, non volevo opprimerla svelandole troppe ferite. Ma avevo torto e dopo fu troppo tardi. Se allora fossi stato più aperto, se, pur con moderazione, le avessi dato modo di assorbire la forza misteriosa che infondono le ferite, forse non mi avrebbe lasciato in fretta e furia alla prima difficoltà.

Qiuzi non ha mai saputo che una notte la capra mi svegliò belando come impazzita perché una pattuglia di poliziotti picchiava alla porta di casa: poco dopo giocatori e soldi erano al posto di polizia. Alcuni giorni più tardi la scuola licenziò mio padre e la nostra famiglia piombò nell'indigenza. La vita peggiorava di giorno in giorno come la malattia di mia madre e, anche se la luffa aveva continuato a mettere i suoi fiori gialli sui quali sciami di api continuavano a danzare, l'inverno arrivò all'improvviso e una mattina il corpo di mio padre emerse silenzioso dalle acque profonde di un fiume del posto.

2.

Trascorsi i dieci mesi prima del congedo nella caserma di Yongchunpo, in via Songshan a Taipei, dov'ero tornato con le truppe della flotta d'alto mare. In quel periodo ancora non conoscevo Qiuzi o, per meglio dire, non sapevo neppure dell'esistenza di una certa Qiuzi che ben presto sarebbe entrata nella mia vita. Ogni domenica mattina, dopo aver mangiato un panino al vapore, prendevo l'autobus che da via Songshan mi portava a Ximending e fu così che cominciai a conoscere la città. Passeggiavo sfaccendato in borghese, finché verso il tramonto della giornata di licenza prendevo via Chongqing per infilarmi in una delle tante librerie della zona e poi arrivavo con calma ai portici lì accanto, dove aspettavo l'autobus che mi riportasse in caserma.

Quella era l'unica Taipei che conoscevo, piena di vita e di

opportunità, diversa dalla desolazione del mio paese natale ma anche dal vuoto della base navale delle isole Mazu, circondate dal mare. Il benessere della capitale m'ispirava una felicità che non conoscevo e che mi induceva a credere che anch'io un giorno sarei diventato un cittadino.

Non avrei potuto sbagliarmi di più. Quando mi congedai, un commilitone del mio stesso grado mi ospitò in casa sua a Taipei, da dove cominciai a spedire dozzine di richieste di lavoro, senza mai ottenere risposta. Nella rubrica degli annunci evidenziavo in genere le offerte per mansioni amministrative, che a un frescone appena congedato come me parevano del tutto abbordabili. Ma Taipei non sembrava volermi concedere neanche un angolino del suo paradiso.

Passarono dieci giorni e una sera l'autobus che mi portava a casa girò l'angolo e si fermò all'incrocio: la via Chongxiao Est era immersa in un'oscurità inusuale e si percepiva uno strano ammasso di persone stese a terra. Senza avere la minima idea di cosa le affliggesse, dopo un attimo di esitazione scesi dall'autobus e mi sdraiai anch'io. Gli sconosciuti lì attorno erano più vecchi di me e dovevano essere anche loro ben sfortunati, pensai, se anziché tornare a casa se ne stavano sdraiati per strada.

Un tizio con la barba mi chiese: «E tu perché sei qui?»

«Non lo so… ho appena finito il servizio militare».

«Allora devi essere disperato anche tu. Avrai fretta di sposarti, eh?»

Mi ci volle mezz'ora per capire che quello era il Movimento Lumache Senza Guscio, di cui tanto si parlava. I numerosi manifestanti si davano il turno al megafono per protestare a gran voce contro il governo che non metteva in atto una politica degli alloggi, scacciando di fatto da Taipei, con i prezzi altissimi delle case, le giovani coppie che volevano mettere su famiglia in città. Mi sentii fuori posto, lì sdraiato per terra. Guardando le nuvole che coprivano di malinconia il cielo notturno, pensai a mia madre, che con l'aiuto della gente del posto avevo ricoverato in una casa di cura: una volta tornato non solo non avrei avuto più un tetto, ma neppure una famiglia.

Il giorno seguente lasciai Taipei.

Non visse a lungo, mia madre, dopo avermi rivisto. Probabilmente aveva tenuto duro fino a quel momento proprio per potermi guardare un'ultima volta. Non penso che fosse mai stata più lucida di allora: me lo confermò l'espressione dei suoi occhi in quel momento. Mentre le accarezzavo le mani, la sua faccia storta si immobilizzò come colpita da una scossa, gradualmente le rughe si spianarono come le increspature dell'acqua e l'incarnato giallastro si fece bianco e roseo come non era mai stato.

Tre mesi dopo, entrai nell'ufficio del direttore generale di una impresa edile. Sulla sua scrivania giaceva il mio scarno curriculum. Quando mi chiese come mai avessi risposto all'annuncio, visto che non avevo alcuna esperienza, replicai che mi ero preparato. Gli snocciolai, lì sul momento, una lunga lista di titoli di manuali di pubblicità, ma lui non mi ascoltò neppure, perché aveva già in mano una serie di test, ne scelse uno a caso e me lo porse.

Sul foglio bianco c'era soltanto una breve stringa di caratteri:

L'Hilton non è in via Kenan

Sapevo che Hilton era il nome di un grande hotel di Taipei, ne vedevo la targa imponente ogni volta che passavo per via Chongxiao Ovest, ma non sapevo dove fosse via Kenan, perché la mia conoscenza della città si limitava a via Songshan e al distretto di Ximenting. Intuivo il senso di quella frase: supponendo di aprire un punto di prevendita immobiliare nella via Kenan di una qualche città, il nome del progetto non avrebbe dovuto essere necessariamente Hilton, ma avrebbe dovuto avere la stessa qualità degli hotel Hilton.

Eppure non osai rischiare, non sapendo quali misteri celasse quella via a me sconosciuta.

Chiesi di cambiare domanda dilungandomi in giustificazioni sulla mia ignoranza geografica. Il direttore mi lanciò uno sguardo compassionevole e cercò a lungo nella pila dei fogli dei test. Era un brav'uomo, piuttosto grassoccio, che con le sue mani tozze sembrava cercasse nel bussolotto dei responsi della divinazione quello a me più favorevole. Quindici anni dopo mi capitò, prendendo un taxi, di trovarlo seduto al posto di guida, i capelli ormai radi e una canottiera grigia tutta infeltrita.

Alla fine, la domanda che estrasse era il contrario dell'altra, ossia un testo che dovevo leggere per poi idearne il titolo. Lo scritto non aveva niente di originale, a sommi capi raccontava di una famiglia che aveva cercato a lungo una casa ideale senza trovarla, perché il mercato offriva soltanto edifici scadenti. Finché un giorno scoprì...

La banalità di quella storia mi tranquillizzò, pensai che la pubblicità delle agenzie immobiliari in fondo non fosse fuori dalla mia portata. Perciò, senza la minima ansia o fretta di consegnare, cominciai a guardare fuori dalla finestra le insegne dei negozi in cerca d'ispirazione.

Ma a un certo punto di quella mattinata estiva, otto giorni dopo il funerale di mia madre, non so cosa mi prese, forse il dolore? Sta di fatto che mentre riflettevo sprofondai di colpo in un abisso e non fui più in grado di concentrarmi. Il mio cervello era completamente bloccato, il tempo scorreva piano e ricordo di aver addirittura appoggiato la biro sul foglio, di traverso. Non so quale dispiacere mi abbia indotto quello stato umorale, senza alcun segno premonitore: all'improvviso pensai a tutte quelle persone sdraiate quella sera su via Chongxiao Est, pensai a mio padre che aspettava che entrassi nel cortile della scuola per poi seguirmi, e infine, naturalmente, pensai che io adesso non avevo più niente... e con tutte queste emozioni inopportune che mi si affastellavano in testa, non solo non ebbi il tempo di scrivere, ma il magone che covavo esplose in un pianto dirotto.

Il titolo che finii per scrivere su quel modulo non me lo ricordo. In seguito ho pensato che il direttore, probabilmente mosso a compassione, aveva intravisto nell'intensità del mio dolore le potenzialità di un creativo. Le mie lacrime non erano andate sprecate: lui aggrottò le sopracciglia e dopo aver letto quel che avevo buttato giù a caso, con grande generosità mi concesse tre mesi di prova.

E fu così che entrai nel mondo delle vendite immobiliari, più precisamente nel reparto progettazione. Le mie giovani colleghe erano bravissime a disegnare, veloci e precise nel fare progetti artistici, mentre io per trovare ispirazione dovevo lambiccarmi il cervello.

Ma la creatività è una cosa fantastica, nasce in uno spazio immaginativo assolutamente libero e ben si adatta a chi come me vive ai margini e non possiede niente. E un altro elemento esercitava su di me un'intensa attrazione: il mondo della pubblicità mi permetteva di parlare senza inibizioni, di provare a penetrare nell'animo della gente, rivolgendomi a chiunque non conoscessi ma anche a me stesso; spariva dunque come un'illusione effimera il potere che in passato mi inibiva e ora, forse, mi bastava una penna per esprimere in libertà i miei talenti.

Inoltre la provvidenza aveva fatto sì che mi trovassi nella città dove avrei incontrato Qiuzi. Non ne avevo alcun presentimento, eppure mi sentivo intimamente felice. Tutti i giorni andavo al lavoro col sorriso e ogni mia fatica veniva apprezzata. Chissà, forse era merito di Qiuzi. Quando sta per arrivare la donna che amerai con tutto il cuore, ogni cosa sembra rivelare la sua bellezza originaria, attorno a te di colpo tutto si fa tranquillo e aggraziato, il clima diventa insolitamente piacevole come il respiro fresco di una foresta, sembra di vivere ogni minuto sospesi in un sogno meraviglioso.

3.

Come vede, signorina Baixiu, in quel periodo stavo molto bene: vivevo per conto mio in un appartamento in affitto, mi arrangiavo a cucinarmi tre pasti al giorno e non avevo nessuna costrizione. Era l'inizio di una vita che si preannunciava meravigliosa, nella quale mancava solo l'entrata in scena di una donna, che sarebbe diventata il primo componente della mia famiglia.

E la mia anima? Dai, la aiuto a cercarla. Perlomeno il suo proprietario a quel tempo era del tutto libero, non era certo incatenato ogni giorno alla sedia di una ditta e gli bastava il pretesto di una pioggerellina per eclissarsi; dopo una notte in piedi poteva dormire fino a mezzogiorno o, al cinema per un film pomeridiano, tirare tardi gustandosi la musica dei titoli di coda. Deve sapere che era diventato orfano da un giorno all'altro. Solo se rimpiangeva la famiglia provava solitudine, il che non è un male perché c'è chi è ugualmente solo anche quando non ha nostalgia. La sua solitudine era per certi versi un lusso. Questo mondo è troppo bello perché ci si possa permettere di sprecare del tempo, diceva a se stesso.

Signorina Baixiu, faccio il possibile per non pensare alla famiglia. Non appena ne ho avuta una, cioè quando finalmente è comparsa Qiuzi, l'avrei protetta con la mia stessa vita, se ne avessi avuto il tempo, quindi lei crede che avrei potuto lasciarla andare senza motivo? Naturalmente, è troppo presto per fare questo discorso, non sapevo ancora dove lei fosse né che aspetto avesse, e soprattutto suo padre, Luo Yiming, non era ancora entrato nel nostro mondo. Cerchi di considerarla una storia di estranei, ascolti con calma. L'anima è difficile da catturare e se le sembrerà di scorgerla tra le pieghe del racconto della mia vita, potrà fermarmi. Dopo aver ascoltato potrà trarre le sue conclusioni, pensare anche che forse parlavo nel sonno, e prendere le distanze. Se mai la mia anima dovesse manifestarsi, sarà insignificante.

Non deve pensare che in quel periodo fossi libero e sfaccendato. M'impegnavo moltissimo, ce la mettevo tutta in quel che facevo. Quando finalmente mi veniva l'ispirazione, tutti i miei nervi si tendevano, non importava se ci fossero tuoni e saette o se fossi stato sveglio tutta la notte in attesa dell'alba, inforcavo lo scooter e con in mente l'idea che mi era balenata in quel lampo d'ispirazione mi precipitavo in ditta, sentendomi di nuovo vivo. Mi era successo persino di alzarmi di scatto nel pieno di una scena romantica di un film serale perché colto da improvvisa ispirazione. Mi slanciai fuori dal cinema, con l'unico pensiero di arrivare al più presto da qualche parte, davanti agli occhi una pallida luna, ma nella mente un orizzonte luminoso. Volevo soltanto correre, volare sulla strada come il vento che sferza le chiome degli alberi.

Attenta, signorina Baixiu, sta per entrare in scena Qiuzi.

Quel giorno mi era venuta all'improvviso una bellissima idea mentre mi trovavo in un negozio di marmellate all'angolo di un vicolo. Avevo appena scelto due vasetti di marmellata di fragole e stavo per andare a pagare, quando mi venne un'ispirazione tanto acuta quanto profonda. L'afferrai al volo. Rimisi a posto silenziosamente i vasetti e mi avvicinai all'uscita in punta di piedi, muovendomi con intenzionale noncuranza, temendo che se mi fossi eccitato l'idea avrebbe mutato forma: era ancora così instabile, soltanto un debole, tenue guizzo nella mia mente.

Ricordo che era inizio autunno del 1995, saranno state le tre del pomeriggio. A cento metri dal negozio di marmellate c'era un caffè con un tavolino vuoto in un angolo che sembrava aspettare proprio me. Naturalmente non sapevo che Qiuzi era lì dentro, e se lei non fosse stata in quel caffè si può dire che nella mia vita non ci sarebbe stata vita. Ovviamente, tutto questo lo capii bene solo più tardi. Ci vogliono tanti anni per capire che cosa, del dolore e della felicità che abbiamo attraversato, sia il caso di trattenere o dimenticare.

Non avrei mai bevuto caffè in quel locale. Era un posto

insignificante, con le gronde del tetto intasate e l'ingresso, affacciato sulla strada, quasi bloccato dai motorini. Se non fosse stato per quella sorta d'incantesimo che le marmellate avevano gettato su di me, probabilmente non ci avrei nemmeno messo piede e sarei tornato direttamente nel mio appartamento in affitto.

Invece ci entrai.

Presi carta e penna e non senza una certa solennità scrissi il claim che avevo in mente, senza farmi scappare nemmeno un carattere. Non riuscendo poi a frenare l'avidità della penna, lasciai che le mie idee fluissero sul foglio una dietro l'altra, e in breve l'intero testo della pubblicità fu meravigliosamente pronto.

A quel punto, finalmente rilassato, mi accesi una sigaretta e cominciai a percepire la bella musica trasmessa nel locale come il placido mormorare della fontanella nascosta tra le piante. Di colpo tutto fu ammantato da un'aura così piacevole che persino le risate e il vociare dei miei vicini di tavolo mi parevano le commoventi onde di un movimento sinfonico.

Mezz'ora dopo dal tavolo di fronte al mio si levò un picchiettio. Era un gruppo di ragazze che mi fissavano tamburellando all'unisono sul piano del tavolo, finché tutte si alzarono, una dopo l'altra, evidentemente infastidite dalla mia sigaretta che ammorbava l'aria col suo fumo biancastro.

Passandomi accanto, dirette al bancone, mi lanciarono delle occhiatacce.

L'ultima camminava lentamente e quando le feci un cenno di saluto con la mano, arrossì.

«Però io non picchiettavo» mi disse.

Puntai il dito verso un sacchetto di carta rimasto sul divanetto. Lei scosse la testa: «È vuoto».

Eppure si girò e andò a raccoglierlo.

Aveva occhi luminosi, con le ciglia lunghe, e un'aria timida. Quando parlava stringeva le labbra, incontrando la resistenza di un piccolo neo a lato della bocca. Doveva avercela con se stessa, perché aveva parlato senza motivo mentre io l'avevo guardata senza aprir bocca. Perciò, quando mi ripassò davanti col sacchetto che aveva raccolto, alzò il mento con un fare sdegnoso che, più che dalla mia sigaretta, nasceva dalla sensazione di essere stata presa in giro, una cosa che proprio non le andava giù. Uscì dal locale con uno stacchettare stizzito.

Se avessi continuato a fumare o se fuori non avesse cominciato a piovere, avrei perso l'occasione della mia vita. Dieci minuti dopo, quando uscii con la mia bozza, scoprii che le ragazze non se n'erano andate, ma erano schiacciate una contro l'altra sotto una tettoia per ripararsi dalla pioggia. Quella arrabbiata era nel cerchio più esterno, col petto incollato alla schiena di un'amica. Sotto i capelli corti spruzzati di pioggia s'intravedeva il collo, candido.

Sotto la tettoia non c'era più posto neanche per una gamba e quando mi vide lei tremò ed esitò qualche secondo. Quindi si sporse in avanti, tese una mano e mi fece cenno con un dito, proprio come una di famiglia che, sotto la pioggia, mi invitasse a raggiungerla per ripararmi. Quel gesto mi lasciò di stucco. Avvicinarmi sarebbe stato inappropriato, eppure ebbi l'impulso di saperne di più: non riuscivo a capire se lei pensasse la stessa cosa che pensavo io, era così estranea eppure così gentile e il suo gesto fece breccia nel mio cuore, ormai solo da tanto tempo.

Non sapevo come reagire, non avrebbe piovuto ancora per molto, prima o poi il cielo si sarebbe rasserenato e cosa avrei fatto se le ragazze si fossero disperse in un batter d'occhio? Presi subito un biglietto da visita e, svelto come se imbucassi una lettera, lo gettai dentro il sacchetto di carta che lei teneva ancora contro il petto.

Penso che si sia accorta di quell'ombra bianca che le balenò davanti agli occhi, perché rimase stupita e fece per girarsi verso di me, ma poi fu presa dal dubbio e chinò la testa prima che i nostri sguardi si incrociassero.

Tre mesi dopo, finalmente, mi telefonò.

«Il biglietto da visita mi ha messo in difficoltà» disse, «è stato per la pioggia, mi ricordo bene».

«Credevo che avesse buttato via il sacchetto senza tirarlo fuori».

«Invece ho tenuto anche il sacchetto».

Serviva ai tavoli di un ristorante francese. Essendo nata in autunno, i suoi l'avevano chiamata Qiuzi, figlia dell'autunno, appunto.

A quel tempo, i cellulari non erano diffusi come ora e chiamare l'interno del suo appartamento era complicato, perché dopo pochi squilli l'amministratore del condominio interrompeva la comunicazione. Un giorno andai a spiarla dalla vetrina del ristorante dove lavorava e infatti eccola lì, pantaloni di velluto nero, camicia bianca e gilet rosso, che si aggirava con un vassoio tondo tra i tavoli illuminati da un lampadario di cristallo. Quando parlava con i clienti, si chinava lievemente e alla luce delle candele che baluginavano sulle tovaglie di lino, strizzava gli occhi in un sorriso intimidito dai loro sguardi.

In inverno, quando finalmente ci incontrammo, stava preparando uno degli esami periodici che doveva sostenere per il servizio in sala. Mi sciorinò la sfilza di nomi che aveva imparato a memoria: sale marino Giuliano Tartufi, sale alle erbe Seitenbacher, sale himalayano, sale marino affumicato di Maldon, sale Maison de la Truffe, sale marino Carmencita, fior di sale naturale francese… sembrava che nel loro ristorante servissero solo sale.

Si può dire che cominciai a conoscere Qiuzi da quella lista di sali snocciolata a memoria. Per quanto strani, erano nomi non troppo lunghi, dunque adatti a lei che aveva un modo di esprimersi molto succinto, era come una bambina che non riesca a dire una frase intera. Eppure penso che le ragazze che parlano così siano le più franche, che tra le parole non nascondano strani pensieri, ma siano semplici e limpide. Per esempio, nella nostra prima conversazione aveva detto soltanto frasi come: «Voglio diventare vicecaposala. Assurdo. Abito nella contea di Nantou, profonda montagna! Prestami un libro. Ah, ti occupi di pubblicità. È passato qualcuno».

A quel tempo, il mercato immobiliare era ancora fiorente e gli agenti si portavano a casa delle belle buste piene di soldi, mentre il mio stipendio ci stava comodo nella tasca dei pantaloni. Non arrivavo a invidiarli, ma mi bastavano le loro espressioni euforiche per farmi capire quanto fossi povero.

Altrimenti anche a me sarebbe piaciuto spendere e spandere, entrare in quel ristorante con un vestito elegante mentre lei era in servizio, guardarla avvicinarsi con il vassoio e coprirmi le ginocchia con il tovagliolo immacolato, per chiedermi poi, con occhi brillanti, che cosa volessi ordinare.

Ci rivedemmo giusto prima del suo esame di fine anno e stavolta la lista da imparare a memoria era quella dei piatti. Mi elencò il menu, come per scaldarmi lo stomaco in quella fredda sera d'inverno: «Antipasto di capesante ed escargot *à la bourguignonne*, come secondo anatra di Yilan, che portano fresca la mattina all'alba. E sì, sì, credimi, ci sono anche i germogli di bambù di Meng Zong...»

«Ne ho raccolti anch'io, di germogli di Meng Zong! Va fatto prima dell'alba, quando la terra è ancora coperta di rugiada. Bisogna spostare con cautela le foglie dei bambù, quindi seguire le linee del terreno e quando vedi la punta del germoglio è già tardi».

«Io invece, da piccolo, avevo una pianta di luffa, ma quando è cresciuta è diventata una scocciatura...»

Prima che finissi di parlare, lei mi stupì con un piccolo gesto: con le dita si tirò le maniche al centro dei palmi e poi portò le mani agli angoli della bocca.

Le chiesi cos'avesse. Ma quel che voleva esprimere con quel gesto era: «Dimmi, dimmi, perché era diventata una scocciatura?»

«Perché all'improvviso si mise a fare troppi frutti e io non sapevo quale mangiare per primo».

Non mi aspettavo che si mettesse a ridere per questa frase. Mi resi conto che nella sua gioia c'era sempre un certo stupore e che rideva un po' troppo presto: non arrivavo mai oltre la metà di quello che volevo dire che lei già era in attesa, con le labbra pronte a esplodere in una risata. Sembrava un po' stupida, ma io adoravo quel tipo di ingenuità.

Era troppo presto per dire che l'adoravo, forse la mia era soltanto una forte curiosità. Una persona come lei, con la purezza di chi non ha ancora conosciuto il mondo, come avrebbe potuto reggere l'impatto con le faccende umane? Se per caso avesse sentito la storia dolorosa del mio passato, avrebbe ancora avuto quel sorriso con le fossette sulle guance?

Quel sorriso che sembrava nato per farmi provare in qualsiasi momento un po' di calore.

«Dov'ero arrivata?» chiese Qiuzi.

«All'esame per il ristorante, hai appena parlato dei germogli di bambù di Meng Zong…»

«Assurdo». Tornò seria e ricominciò a sciorinare la sua lista.

4.

Nella vita di un uomo possono esserci vari amori, ma io preferivo viverne uno soltanto, fino in fondo. Intendo dire che, sebbene quella fosse la prima volta che imboccavo la via dell'amore, sapevo già che sarebbe stata l'unica. Era una certezza forse un po' assurda, ma quando si percorre la strada dell'amore, chi sa dire se quel tratto è quello giusto? L'amore è difficile da afferrare come un'ispirazione ancora vaga: quando non c'è, il cervello è un mare morto; solo quando le onde cominciano ad alzarsi impetuose si capisce che la solitudine del mondo può essere rovesciata, basta cogliere l'attimo per spalancare uno spazio infinito. Terminata la tempesta, non resta che ancorarsi per bene alla riva cui si è approdati.

Nel mare della mia mente Qiuzi ha rappresentato quell'istante, l'ispirazione che mi ha più piacevolmente stupito.

Aveva dieci anni meno di me, il che vuol dire che anche tra cinquant'anni ne avrò sempre dieci più di lei. Ma le differenze dell'anima non si misurano in questo modo, invecchiando insieme il divario di età tende a scomparire, è quando si è giovani che si avvertono. Lei sembrava piccolissima, come i germogli di bambù di Meng Zong non ancora emersi dalla terra, mentre io col mio fardello di dolore ero in preda all'inquietudine. Insomma, io non vedevo l'ora di trovare qualcuno che diventasse la mia famiglia, mentre lei sembrava ancora la ragazzina della casa accanto che gioca spensierata, accovacciata a terra: sulla strada della giovinezza, io mi sentivo già al capolinea, mentre lei doveva ancora incontrare i suoi ostacoli. Non mi restava che aspettarla, e la cosa mi impensieriva.

Perciò quell'inverno, preso dalla frenesia del tempo che stringeva, abbandonai il mio lavoro stabile ma libero per trasformarmi in un promotore immobiliare. Mandai all'aria dignità e onestà pur di evitare a Qiuzi di memorizzare la sua lista di sali.

Avrei fatto di tutto per averla.

Il mio scooter cominciò a sfrecciare tutti i giorni per Taiwan a caccia di clienti, in campagna e in città. Sulla strada di una lontana contea chiamata Muguakang, "Fossa dei meli cotogni", finii addirittura in un canale d'irrigazione. Mi ci volle un bel po' per guarire dalle ferite, e poi dovetti ammazzarmi per recuperare il tempo perduto; quando capitano questi momenti critici non si può far altro che tener duro.

Tuttavia, c'era una ferita che non si rimarginava e che quando ero giù risultava ancora più opprimente, come un vento freddo o una pioggia battente. Nei momenti in cui ero solo, mi appariva mio padre, non in cielo o come un'anima errante, ma con la faccia pallida e gonfia, come doveva essere quella mattina quando la donna sulla riva del fiume mi aveva impedito di guardarlo, affrettandosi a nascondermi tra le sue braccia.

Fino ad allora ero stato abbastanza bene: benché solo, erano rari i momenti di tristezza, gli concedevo poche occasioni di apparire, perché mi rifiutavo di pensare a lui. Ma dopo aver conosciuto Qiuzi, il sapore della solitudine cominciò a cambiare. Pensavo a lei tutto il tempo, costantemente assediato da un senso di vuoto e confusione, offrendo così a mio padre la possibilità di entrare nella mia mente. Sembrava che venisse per consolarmi, ma in realtà mi gettava in un tormento maggiore.

A Qiuzi non lo dissi mai.

Tre mesi dopo, il pomeriggio del giorno in cui finalmente intascai il premio per le vendite, andai al ristorante in cui lei lavorava. Il lampadario di cristallo era già acceso ma i bei tavoli apparecchiati erano ancora deserti. Le cameriere erano tutte in fila all'entrata della sala ad ascoltare un responsabile che probabilmente stava rivolgendo loro domande sulle regole del servizio ai tavoli. Io studiavo la scena incollato alla vetrina, terrorizzato che venisse beccata proprio Qiuzi: magari si era dimenticata di pulire il bagno o aveva scordato il nome di qualche sale. Insomma ero sempre in pena per lei, provavo quel genere di apprensione che ti fa deglutire a vuoto. Mi ero persino dimenticato di essere lì per festeggiare, con le tasche piene di soldi. Volevo un tavolo dove fosse lei a servirmi, volevo essere il suo primo cliente della serata.

Le auto che cominciavano ad arrivare suonarono il clacson per farmi spostare, così passai da una vetrina all'altra, calpestando le righe del parcheggio. I clienti entravano alla spicciolata e dall'altra parte del vetro mi arrivava attutito il chiacchiericcio dell'interno. Vedendoli così tutti in ghingheri mi resi conto che io invece indossavo ancora l'uniforme della ditta, avevo le scarpe sporche di fango e soprattutto mi ero dimenticato di lavarmi la faccia prima di lasciare il cantiere. Non c'è una regola che affermi la necessità di lavarsi la faccia prima di una cena all'occidentale, ma il motivo per cui in realtà odiavo i ristoranti francesi era proprio questo: sembrava che fosse d'obbligo non solo lavarsi la faccia ma anche fare la doccia e spruzzarsi di profumo. Il mio sorriso su una faccia sporca avrebbe potuto mettere in imbarazzo Qiuzi, che spiegandomi il tovagliolo sulle ginocchia si sarebbe ulteriormente seccata accorgendosi che non avevo ancora riattaccato il bottone mancante dell'uniforme.

E poi non sopportavo di vedere Qiuzi mescolata a quella gente.

Peccato, davvero un peccato, mi dissi. Ero corso al ristorante appena ricevuto il bonus, perché non volevo che il calore di quella gioia scemasse: l'amore è condivisione, è bellissimo condividere subito una gioia con chi si ama. Io quel momento di felicità l'avevo semplicemente sprecato.

Finii per mangiare un piatto di riso con piedino di maiale in un passaggio coperto lì vicino e poi mi piazzai in una libreria ad aspettare la fine del suo turno.

L'emozione di condividere la gioia con lei sparì del tutto quando mi raccontò che aveva aspettato con ansia l'esame per la promozione a vicedirettore del ristorante; le sue frasi brevi e per di più concitate mi rotolavano nelle orecchie rendendo nervoso anche me: in fondo stava per raggiungere un traguardo importante della sua vita. Ma a un certo punto deglutì e, cambiando tono e abbassando la voce, disse: «Non l'ho passato».

«Com'è possibile? Quando ripassavi le liste a memoria eri bravissima».

«C'erano anche le esercitazioni tecniche».

Scoppiai a ridere: non avevo mai sentito che in un test per la ristorazione ci fossero esercitazioni tecniche! In realtà si riferiva a una prova in cui il direttore faceva la parte del cliente e la osservava mentre lo serviva mettendo in pratica le istruzioni ricevute.

«Mi ero preparata una frase, la sapevo benissimo».

«Sentiamola».

«Ho sbagliato, la prego di darmi dei consigli».

«Cosa vuol dire? Secondo le regole del ristorante bisogna dire una frase del genere?»

«No, l'ho aggiunta io, pensando di guadagnare più punti, invece me li ha tolti. Ha detto che non ci avevo messo la testa, che non aveva senso dire che avevo sbagliato prima ancora di cominciare il servizio...»

«Ma poi, il resto è andato bene?»

«Sui piatti nessun problema, mi piace molto parlarne, è come se li stessi per mangiare io».

«E allora avresti dovuto passarlo, no?»

«Mi sono dimenticata di raccogliere le briciole di pane. Quell'odioso, ne faceva tantissime!»

Calcolai il tempo: erano dieci minuti che Qiuzi non sorrideva, le fossette sulle guance erano sparite. Loro non mentono, quando sono tristi sono tristi, come me.

«Le faceva cadere apposta, le briciole». Un'ora dopo ci stava ancora rimuginando su, seccata.

5.

Alla fine del terzo anno del nuovo lavoro finii col dormire ogni notte nella casa prototipo installata nel cantiere. Vicino sorgeva un tempio e dalla mia finestra potevo vedere gli spioventi all'insù del tetto a pagoda e sentir recitare i sutra. Se capitava che li udissero anche i clienti, finito di visitare la casa prototipo con annessi e connessi, si dileguavano senza dire una parola.

Quel cantiere che in tanti evitavano come un tabù a me invece offriva molti spunti d'interesse.

Mi piaceva che brulicasse di vita appena faceva giorno, mi piaceva veder crescere l'edificio come un germoglio: dal drenaggio del terreno all'arrivo delle ruspe per lo scavo, in modo da poter fissare l'armatura, finché iniziava ufficialmente la costruzione delle fondamenta della struttura con la colata di cemento. Poteva sembrare un processo lento, in realtà si trattava dello sviluppo minuto per minuto di una forma di vita, un embrione che cresceva inosservato. Muratori che battevano e martellavano senza sosta in un viavai di camion carichi di materiali e di venditrici di betel che facevano la spola tra le impalcature con i loro stivaletti, e intanto venivan su le colonne e poi i muri. Quindi si completavano i controlli dei tubi dell'acqua e dell'elettricità, mentre la betoniera andava e veniva, e quando la polvere perennemente alzata finalmente si posava, si ricominciavano a udire le melodiose preghiere del tempio.

L'edificio era ormai spuntato, ma le mie vendite rimanevano sotto terra.

Una volta a settimana mi precipitavo a frequentare un corso sulle strategie di vendita immobiliare, seguito da una massa informe di figure che parevano i passeggeri di un treno in partenza verso il miracolo economico. Il docente portava la fascia rossa di campione di vendite e poco ci mancava che suonasse la tromba per spronare il suo esercito alla marcia.

Non si limitava a scrivere sulla lavagna, ma ogni tanto chiamava alla cattedra qualche partecipante assiduo per una dimostrazione pratica su come affrontare diversi tipi di clienti e situazioni.

Portava se stesso ad esempio, spiegando come riuscisse ogni anno a diventare campione di vendite.

«Se il cliente è indeciso e vuole consultare le divinità, approfittatene! Non vi resta che aspettare che torni: niente paura se la metà degli dèi ha espresso parere contrario all'acquisto, basterà dirgli di tornare al tempio a lanciare i blocchi di luna[1]. Se il responso dei blocchi fosse la risata degli dèi, che si rifiutano di rispondere, mantenete la calma e chiedete al cliente come ha posto la domanda all'oracolo.

1. Forma di divinazione che prevede il lancio di coppie di blocchi di legno a forma di mezzaluna, uno arrotondato e uno piatto. La risposta dell'oracolo viene interpretata a seconda delle diverse combinazioni prodotte dal lancio. (*N.d.T.*)

Potete sempre dirgli che ha sbagliato il nome o qualsiasi altro particolare, c'è solo l'imbarazzo della scelta! Trovate, insomma, un modo per fargli ripetere il lancio e senz'altro prima o poi uscirà la combinazione dei blocchi divini, la risposta positiva che aspettate! Se proprio vi va male, vi resta sempre l'ultima mossa, quella del prezzo: basterà applicare un piccolo sconto e suggerirgli in gran segreto di riprovare a chiedere, perché probabilmente gli dèi staranno proprio aspettando quel nuovo prezzo...»

Mentre parlava, gli angoli della bocca gli si riempivano di saliva schiumosa, che a un certo punto cercò di aspirare rumorosamente, mentre continuava a addensarsi come una marea. Poi tutto serio ci annunciò la buona notizia: un'agenzia immobiliare gli aveva affidato una quota di posizioni dirigenziali, dunque se avessimo completato il corso e superato brillantemente l'esame...

Entusiasti, i partecipanti al corso ridevano mentre prendevano appunti. Tra loro c'era di tutto: ex ufficiali dell'esercito, qualche agente commerciale con alle spalle risultati già ottimi e qualche salariato frustrato che sperava di cambiar vita. Poi c'era un tizio che aveva appena chiuso un bar perché, così mi disse, la sua famiglia non sopportava più l'idea di non avere una casa propria.

Volevo consolarlo dicendogli che io la famiglia non ce l'avevo proprio, ma mi trattenni.

Il tempo passò e una mattina di autunno inoltrato, una di quelle in cui senti di non avere altra scelta, dissi la mia prima bugia.

La cliente era un'anziana signora che voleva comprare casa alla nuora rimasta vedova. Ci aveva pensato su per una quindicina di giorni, poi era venuta con la nuora a vedere i vari appartamenti, finché avevano scelto il più piccolo. Non restava che finalizzare il pagamento, perciò tornarono a casa a prendere i soldi.

Peccato che sulla via di casa venne loro l'idea di entrare nel tempio lì accanto.

Al telefono, l'anziana signora mi disse: «Mi spiace, ho lanciato i blocchi di luna e mi sono usciti entrambi quelli che ridono».

«Ma, signora, che nome ha usato per lanciarli?»

«Quello di mia nuora, no?»

«E ha sbagliato! È lei che paga la casa, i blocchi di luna vogliono il suo, di nome!»

«Il mio? Oddio! Allora ci riprovo, speriamo che escano i blocchi divini!»

Il trucco del docente-campione funzionava! Era bastato un minimo cambiamento tattico e la mia piccola bugia aveva diradato la nebbia che mi opprimeva. Quel pomeriggio stesso la signora era tornata a firmare il preliminare, poi felice come una pasqua mi aveva invitato ad andare a trovarla. Gestiva da anni una bancarella di ravioli davanti a casa sua e voleva offrirmene un bel piatto per ringraziarmi.

Le dissi che ci sarei andato di sicuro, ma ogni volta che passavo dalle parti di casa sua cambiavo strada in tutta fretta. Avevo fatto i conti: un raviolo della signora costava due dollari taiwanesi, mentre io, di dollari, gliene avevo fatti spendere un milione più del dovuto, perciò suocera e nuora avrebbero dovuto fare più di seicentomila ravioli per compensare quell'impietosa differenza di prezzo. Che razza di compravendita era stata, quella? Concentrata com'era sul responso dell'oracolo, lei aveva finito col fidarsi ciecamente di me. Perché mai gli dèi le avevano risposto con i blocchi divini?

Per alcuni giorni non feci che pensare alla pila di cerchietti di pasta per ravioli che si accumulavano in quella bancarella sotto i portici. Pasta e ripieno finirono col tormentare i miei sogni, che diventavano veri e propri incubi dai quali mi svegliavo di soprassalto.

Quella casa di ravioli fu l'ultima che vendetti, non la dimenticherò mai. Pioveva, la sera in cui decisi di lasciare il cantiere. Dopo aver messo in ordine le mie poche cose, sentii improvvisamente bussare alla porta a vetri, mi girai e vidi Qiuzi. Si teneva il cappotto sulla testa con le mani, mentre la pioggia gocciolava dalla camicia immacolata della sua uniforme.

«Volevo farti una sorpresa» mi disse.

La sua apparizione in quel momento, in cui ero ancora tormentato dall'ombra di quella vendita, mi emozionò tantissimo. Erano giorni che non ci vedevamo e provai un amore intenso per la sua figurina fradicia di pioggia. Doveva aver fatto una gran fatica a trovarmi, ricordavo di averle detto soltanto che vicino a dove stavo c'era un tempio, ma mai avrei pensato che riuscisse ad arrivarci. Però c'era qualcosa di stonato: le otto di sera sono il momento d'oro dei ristoranti e lei avrebbe dovuto essere al lavoro.

«Il ristorante non ha aperto, i clienti non sono riusciti a entrare e anche i miei colleghi sono fuori ad aspettare».

«Cosa stai dicendo?»

«Che è fallito! In questi giorni hanno venduto un sacco di buoni sconto, era tutto calcolato».

Tremava come una foglia. Mi affrettai a scaldare dell'acqua e le offrii un caffè bollente. S'infilò il cappotto inzuppato di pioggia ma era intirizzita fin dentro le ossa e tremava anche con quello.

«Spogliati, qua c'è un'asciugatrice».

Bevve un sorso di caffè tenendo la tazza con entrambe le mani poi si bloccò, fissandomi: «Come, "spogliati"?»

«Entri nella stanza, ti togli camicia e cappotto e resti in canottiera».

«Non ci penso nemmeno!» Alzò gli occhi al soffitto, senza staccare le mani dalla tazza. Batteva i denti.

«Allora facciamo così. Rimani seduta e ti porto qualcosa per coprirti».

Si girò verso di me con lo sguardo appannato. Le accarezzai i capelli cercando di spazzar via l'acqua dalle punte. Lei rimase ferma qualche secondo, poi improvvisamente mi infilò la testa nella giacca e scoppiò a piangere. Fuori infuriavano pioggia e vento, due colpi e i battenti della finestra si aprirono e si richiusero. Lei si risedette impettita, tirò fuori una busta e me la porse.

«Tienilo tu, non voglio più occuparmene».

Era un libretto di risparmio, avevamo deciso di mettere in un conto comune i soldi che riuscivamo a risparmiare ogni mese.

«Sono soldi di entrambi, non devi restituirmelo».

«Ho perso il lavoro, d'ora in poi saranno soldi tuoi».

Solo a quel punto mi resi conto che per coincidenza dall'indomani avremmo cominciato entrambi a cercare lavoro. «Facciamo così, invece» le proposi, «a risparmiare penseremo dopo, tanto con questi soldi non riusciremmo a comprare neanche mezzo bagno. Usiamoli per farci un viaggetto all'estero, ci basteranno».

«Vuoi spenderli tutti?»

«Se ti va» risposi guardandola negli occhi, «possiamo usarli per la luna di miele».

Lei pensò di aver capito male e ripeté a voce bassa la mia frase, soffocando in bocca le ultime parole. Anche stavolta tirò le maniche della camicia fino al centro dei palmi, poi si portò le mani ai lati del naso e le labbra improvvisamente cominciarono a tremare. Mi guardò con gli occhi esausti, senza più luce. Non capivo se stava per piangere di nuovo, aveva la faccia di una che ha in petto un pentolone bollente pronto a esplodere, ma all'esterno non trapelava niente.

«Possiamo anche tenerli tutti da parte» disse Qiuzi alla fine.

6.

La famiglia Lai, balzata all'improvviso sulla scena commerciale nell'area centrale del paese, sul mercato era conosciuta come Madabang, la "banda del motore". Trattavano di tutto, dai fertilizzanti ai prodotti d'uso quotidiano sino a fondare, ultima arrivata, una filiale nel settore edilizio.

Vent'anni prima avevano fatto fortuna riparando motori, tanto che il motto del gruppo era "Successo a pieni motori". Imbattibili nell'assistenza postvendita, nel 1998 avevano saputo cogliere l'occasione d'oro del settore immobiliare, sviluppando l'estesissima proprietà terriera della famiglia Lai, gestita dalla seconda generazione.

Il capo della filiale aveva studiato negli Stati Uniti. Aveva una faccia squadrata dalla carnagione scura e la muscolatura vigorosa e scattante della gente del Sud. Masticava sempre due noci di betel alla volta, che scricchiolavano sotto i denti mentre gli zigomi si gonfiavano, il sangue gli saliva al naso e gli occhi lampeggiavano sul viso rubizzo.

Tenendo in mano il mio curriculum e guardandolo, fece commenti velatamente critici sui miei continui cambi di lavoro, trovandoli un po' sospetti.

«L'anno scorso abbiamo assunto un tipo e dopo tre giorni ci siamo accorti che la sera trascriveva di nascosto informazioni sui clienti...»

«Ovviamente non è il suo caso, lei non sembra una persona del genere».

«Anzi, lei ha ottime referenze e grandi capacità, sa fare pubblicità e anche fare affari, cascasse il cielo, lei resterebbe in piedi».

«Ma non ha genitori e neppure fratelli: che pena! Meglio che si sposi al più presto!»

«Vedo che ha abitato a Erlin, quindi immagino che avrà sentito parlare della nostra vecchia fabbrica di fertilizzanti...»

Posò il curriculum, buttò via la sigaretta che aveva tra le dita e ne accese subito un'altra. Il portacenere era un ammasso di sigarette spente dopo due sole boccate che sembravano un mucchietto di bachi da seta.

Affrontai a grandi linee la questione del matrimonio, spiegandogli che avevo già un'ottima ragazza, ma che pensavo fosse il caso di ottenere prima qualche risultato per avere il diritto di farla mia. Lui annuì in segno di approvazione, poi si mise a oscillare sulla sua poltrona con le braccia incrociate sul petto.

«Anche se non ho mai svolto il ruolo di responsabile, penso di poter fare un ottimo lavoro. Inoltre, signor presidente, le confesso che ho abitato a Erlin quand'ero molto piccolo e mi scuso, ma non conosco la fabbrica di fertilizzanti... però ho intenzione di tornarci, certe volte penso di uscire troppo poco».

«Non serve che ci torni, il gruppo Mada non ha più interesse in quella fabbrica, con gli animali non si fanno soldi».

Sputò dei pezzetti delle noci di betel e chiamò la segretaria perché mi registrasse. Lei, una donna molto carina, gli chiese sbattendo le ciglia che posizione dovesse indicare nel modulo e io feci per alzarmi per lasciarli discutere tra loro. Ma il capo pareva aver già ben chiare le sue intenzioni e iniziò subito a declamare rivolto al cielo: «Comincerà come responsabile di magazzino e vedremo come se la cava. Chi ha talento trova sempre il modo di far carriera. Ho dato ordine ai dipendenti di rivolgersi al cielo tutti i giorni, anche a costo di dire stupidaggini. Di sole ce n'è uno solo, c'è sempre speranza per chi impara a essergli fedele».

Con in bocca sigaretta e noci di betel, parlava di una cosa sottintendendone un'altra e io afferrai perfettamente l'avvertimento.

Tre giorni dopo, un lunedì, acquistai il primo completo all'occidentale della mia vita. Era di un blu piuttosto ordinario, ma con la cravatta d'uno spigato azzurro cielo che avevo abbinato aveva assunto una certa imponenza, tanto che, camminando, mi sembrava di volare sulle nuvole degli immortali. L'ufficio del personale mi sistemò nell'ultima fila della divisione commerciale, con una grande scrivania e una sedia girevole. Davanti a me continuavano a entrare e uscire gli impiegati della squadra commerciale mentre alla mia destra vedevo la segretaria che nel fare una telefonata accavallava le gambe.

Festeggiai con Qiuzi la mia assunzione. Era la prima volta che sedevamo in un ristorante francese e lei era un po' turbata. Mangiò molto lentamente l'antipasto e quando arrivò il salmone affumicato, si sentì ancor più fuori posto. Stava lì ferma con le posate in mano come se ogni piatto dovesse prima essere benedetto da una lunga preghiera.

«Sono tutti piatti che tu conosci bene, e stavolta dobbiamo solo mangiarli».

«Non dobbiamo essere arroganti».

«Ma non vedi che c'è gente che mangia la bistecca di manzo con il cagnolino in braccio?»

«Possiamo davvero?»

«Qiuzi, prova le escargot, non sapevo che fossero così buone...»

Dopo cena facemmo un giro in un grande magazzino appena inaugurato, salendo ai vari piani con le scale mobili e gironzolando tra un negozio e l'altro. Superato in fretta il reparto degli elettrodomestici e dei bambini, la portai nelle boutique d'alta moda, dove i manichini abbigliati in modo vistoso e attraente contrastavano con l'immagine triste e dimessa di Qiuzi riflessa dagli specchi. La costrinsi a provarsi un cappottino, ma lei, sbirciato il prezzo, lo ripose subito, coprendosi il viso con la mano come per nascondere un bagliore che non era il suo solito gioioso stupore, bensì un misto di felicità e rassegnazione. Quindi si girò dall'altra parte, come se avesse fatto qualcosa di male.

Da quel giorno mi immersi in quel frenetico mondo lavorativo. Il gruppo Mada era una potentissima macchina da guerra, con tre cantieri aperti simultaneamente in un solo quartiere, destinati allo sviluppo o al recupero. Io passavo da uno all'altro per controllare e sistemare i rapporti sullo stato di avanzamento dei lavori preparati dai responsabili delle vendite. Talvolta rilevavo qualche errore gestionale sul cantiere e, con suggerimenti non privi di una certa autorevolezza, davo il mio contributo a risolvere le cose.

Da quando non mi occupavo più direttamente delle vendite, avevo una visione più globale di tutta l'impresa e riuscivo a trovare soluzioni più obiettive, a individuare subito cosa funzionava o non funzionava nella relazione simbiotica tra pubblicità e vendite.

Il mio lavoro consisteva nel consegnare la sintesi di questi rapporti al capo.

Abitava nella campagna a ovest delle sette aree della città di Taizhong che il governo aveva destinato al rinnovamento edilizio. In quel periodo non si erano ancora verificate tante calamità, non c'era ancora stato il grande terremoto del 21 settembre 1999, non era ancora apparso il killer del secolo – l'epidemia di SARS – e i miei sogni di allora, così come le gioie e i dolori che avrei poi incontrato, erano ancora lì, sospesi in un mondo che poteva essere considerato sereno.

Di solito arrivavo a casa del capo alle quattro del pomeriggio. Era una casa in stile tradizionale, con tre auto parcheggiate davanti all'entrata, oltre la quale si apriva un cortile pieno di sgargianti ixore rosse e con qualche albero da frutto. In quel periodo c'era il campionato della lega nazionale di baseball, sport che lui amava tantissimo, per cui riuscivo a infilare il mio rapporto soltanto tra un inning e l'altro e durante le interruzioni pubblicitarie. Come ricominciava la partita, il mio rapporto veniva bruscamente sospeso anche se ero a metà di una frase. Se la sua squadra del cuore subiva un terzo strike o l'avversario spediva la palla in fuoricampo, io, in piedi alle sue spalle, emettevo un "ah!" di sconsolato disappunto, oppure, in caso contrario, mi univo alla sua sfrenata esultanza.

D'inverno, quando il campionato era fermo, se lui non compariva io me ne stavo seduto in ufficio ad aspettare ordini. Tutto dipendeva dai suoi attacchi di gotta: di solito, quando le dita dei piedi gli si gonfiavano al punto che non riusciva a camminare, voleva che andassi da lui verso le dieci di mattina per ricevere istruzioni. Viveva da solo in una casa enorme con i soffitti alti sei metri, dove l'eco delle sue grida di dolore arrivava flebile fino alla cucina. A volte, appena aveva finito di spiegarmi tutto, capitava che telefonasse la segretaria per qualche evento cui lui doveva assolutamente partecipare. A quel punto partiva l'assetto di guerra: tempo pochi minuti arrivava di corsa l'assistente seguita dall'autista e insieme gli infilavano a fatica i poveri piedi in un paio di grandi scarpe fatte su misura. Quindi, sostenendolo una da una parte e uno dall'altra, attraversavano il cortile ombreggiato da un pergolato di vite, con l'affanno di chi sta allontanando un re ferito dal campo di battaglia.

Le tre vetture parcheggiate all'entrata erano già pronte a bordo strada in attesa di ordini, i motori rombanti sotto i raggi del sole. Il capo si infilava a fatica nel sedile posteriore della prima delle tre e una volta sistemato lui, la sua assistente si sedeva accanto all'autista per fargli da navigatore, mentre le altre due vetture seguivano, con a bordo i soli autisti, creando uno sparuto ma tutto sommato imponente corteo, viste le dimensioni delle auto.

Io li seguivo in scooter e quando, attraversata la strada principale, loro sparivano verso nord, mi infilavo in un vicolo procedendo lentamente in direzione della ditta. Una volta iniziò improvvisamente a piovere e mi riparai sotto un porticato, da dove telefonai a Qiuzi. Aspettai a lungo che mi connettessero con l'interno, e quando lei mi rispose mi disse di aver appena ricevuto una lettera di risposta a una domanda di lavoro. L'esortai ad aprirla immediatamente, avrei aspettato, e la sentii cercare le forbici in un cassetto.

Al suo posto l'avrei aperta subito con uno strappo, una buona notizia rimane tale anche su un foglio mezzo strappato, come una brutta notizia non cambia per quanta precisione e cautela si usi nel tagliare la busta perfettamente da sinistra a destra: non è possibile modificare le intenzioni del mittente, si finisce soltanto per rovinarsi l'umore.

Non volevo metterle fretta, volevo solo dirle che stava piovendo, che la pioggia invernale mi dava un senso di vuoto, soprattutto adesso che il piccolo corteo di macchine aveva svoltato sparendo dal mio orizzonte. *Quanto sarebbe bello, Qiuzi, se ci fossi tu, seduta in una macchina del corteo, e io al tuo fianco, se ti stessi portando via dalle montagne della contea di Nantou dopo il matrimonio, correndo tra il frastuono dei petardi che scuote le foreste del bambù Meng Zong, diretti al ristorante per un festoso pranzo nuziale.*

Alla fine trovò le forbici. Con la cornetta incastrata sotto il mento, mi chiese di aspettare mentre tagliava la busta con attenzione, come se non osasse fare il minimo rumore. Reputavo quel cerimoniale francamente inutile, ma le lasciai tutto il tempo che voleva, avrebbe potuto continuare a tagliare fino al mattino. All'improvviso mi venne voglia di dirglielo: *Qiuzi, sposiamoci, manca poco a Capodanno e non c'è una legge che imponga di sposarsi solo quando si hanno i soldi. Quelli li guadagneremo dopo, piano piano.*

Finalmente dall'altro capo del telefono arrivò una reazione, sentii un suono strozzato provenire dalla gola di Qiuzi, un flebile "ah" reticente e imbarazzato, l'unica sillaba che può seguire una delusione estrema. In realtà, in cuor mio me l'ero già detto, anzi, ero già preoccupato che potesse finire così: anche nel giorno del nostro matrimonio si sarebbe sentito soltanto quel piccolissimo "ah" in una scena altrettanto piccola, in cui due granelli di polvere si univano, una luffa sposava un germoglio di bambù Meng Zong, un momento che avrebbe potuto essere il più romantico ma anche il più misero, a seconda di come le nostre anime avrebbero poi trovato l'entusiasmo di andare avanti. Bisognava che il nostro amore trovasse il modo di trascendere la realtà, altrimenti, come le due macchine vuote del corteo del capo della Mada, dopo aver percorso elegantemente un tratto di strada, sarebbe svanito dietro l'angolo.

Perciò in quel momento amai ancora di più Qiuzi, e a sentire il suo "ah" mi venne da piangere, come se anch'io fossi stato rifiutato. Avevo tante cose da dirle. *Ti amo semplicemente perché l'ha voluto il destino, non perché sei bella o perché risvegli il mio istinto maschile. Ti amo per quel pomeriggio di pioggia, quando non ti conoscevo ancora e tu mi hai fatto quel cenno con il dito, un gesto banale ma che per me è stata una sorpresa sconvolgente. Mi avevi trattato come uno di famiglia, neanche tu te ne sei resa conto. Quel ditino piegato che mi chiamava è stato come una piuma, l'unica, caduta dal volo di una miriade di angeli; meno male che il vento non se l'è portata via ma l'ha lasciata scivolare nella mia vita.*

Dopo quell'"ah", Qiuzi rimase in silenzio. Sentivo che evitava di tirar su col naso, vicino alla cornetta, ed ero sicuro che le fossette fossero scomparse dalle sue guance. Voleva dirmi qualcosa ma riusciva solo a balbettare tra le labbra.

«Esci, vengo a prenderti».

«Non sto mica piangendo».

«Ci hai messo troppo a tagliare la busta».

Il tempo per parlare con i numeri interni era limitato e la linea cadde. Richiamai, ma ormai al centralino non rispondeva più nessuno, perciò non potei far altro che affrontare la pioggia e correre fino a casa di Qiuzi, facendomi coraggio per dirle di persona tutto quello che dovevo.

7.

Alla fine di quell'inverno, il gruppo Mada annunciò un'iniziativa per il Capodanno lunare.

Non sapevo di che attività si trattasse, ma avevo sentito dire che chi era interessato alla licenza matrimoniale doveva richiederla con un mese di anticipo rispetto al solito.

In realtà, Qiuzi me l'aveva fatta chiedere con tre, di mesi di anticipo, cosa che aveva fatto morire dal ridere le signorine dell'ufficio del personale.

«Se la chiedi prima sono sicura che non mi imbroglierai» mi aveva detto Qiuzi.

«Registriamo oggi stesso il matrimonio, se è questo che ti preoccupa».

«No, è diverso: tu non sai quant'è piacevole l'attesa».

Aveva deciso lei la data del matrimonio, sarebbe stato in

primavera, dopo la fine dei festeggiamenti del Capodanno, quando i fiori cominciano a sbocciare. Pensava che ci avrebbe perso, se si fosse sposata alla fine dell'anno, perché, passato un po' di tempo, la gente avrebbe detto che era già sposata da due anni. Da parte mia pensavo che se si fosse sposata con un anno di età in più, non sarebbe stata presa in giro da quelle ragazze.

L'ufficio del personale non si limitò alle battutine ma sparse la notizia molto in fretta. Un giorno il capo mi fece chiamare. Estrasse dal cassetto una busta rossa bella gonfia: «So di cosa hai più bisogno adesso, questo è un mio regalo privato, nascondilo subito».

Poi svelò il programma per la celebrazione della festa della primavera: «Non spendere per il viaggio di nozze; se l'hai già prenotato cancellalo. Tra qualche giorno la ditta annuncerà di aver organizzato un volo privato per l'estero, e tu e tua moglie potrete darvi alla pazza gioia alle Maldive».

La busta rossa mi aveva messo in agitazione, temevo che accettarla fosse come firmare un contratto di vendita di me stesso, ma d'altra parte quelli erano soldi che avrebbero coperto la spesa per il divano e gli elettrodomestici che io e Qiuzi avevamo visto. Qiuzi rimase incredula davanti alla generosità del mio capo: «Devi essere proprio importante».

«Eh, per questo ho osato chiederti di sposarmi».

«Era una proposta di matrimonio? Pioveva, quel giorno, e poi guidavi così veloce».

Peccato che Qiuzi avesse paura dell'aereo e la più lontana tra le sue mete fossero state le isole Pescadores, dov'era andata in battello. Da parte mia, anche se decantavo le Maldive con grande entusiasmo, in realtà non ci ero mai stato, se non con la fantasia, ammirandone i cieli blu e i mari smeraldini su una rivista di turismo.

«La ditta organizza anche una grande sfilata di modelle, ho sentito che faranno uno show».

Qiuzi ascoltava euforica ed elettrizzata, ma tutto il suo entusiasmo si smorzava subito all'idea di dover volare in un cielo senza strade. Alla fine riprogrammammo la nostra luna di miele facendola coincidere con il viaggio della ditta, e mentre l'aereo privato della Mada decollava dall'aeroporto internazionale di Taoyuan, noi partivamo su un SUV preso a nolo, dirigendoci a tutta velocità a Hualian, che aveva il mare come le Maldive.

Ci eravamo sposati presso il tribunale di Taizhong e il pranzo di nozze era stato a base di pesce. Eravamo in cinque: io, Qiuzi, i suoi genitori e suo fratello, che aveva appena finito il servizio militare. Suo padre, che era un po' gobbo, prima di impugnare le bacchette mi chiese sottovoce: «Sei solo, tu?»

Gli spiegai che l'intero gruppo dei miei colleghi era in viaggio all'estero e non aveva potuto partecipare, ma lo pregai di non preoccuparsi: non era un problema, avrei sempre trattato Qiuzi benissimo facendo del mio meglio per renderla felice, questo era l'importante...

Ripensandoci, capii di aver frainteso la sua domanda: voleva chiedermi perché nessuno dei miei parenti fosse presente al matrimonio.

Qiuzi non era per niente imbarazzata, in fondo eravamo tutti una famiglia, ora. Si alzò per servire i genitori e versò una ciotola di zuppa al fratello, con ancora addosso il vestito da sposa preso in affitto. Aveva arrotolato le maniche, troppo lunghe, fino al gomito, dove formavano un ammasso ingombrante e così sembrava una cuoca che non volesse togliersi il vestito della festa.

Anch'io mi davo da fare a rimpinzare i commensali. Servii ai miei suoceri due gamberoni, continuando a scusarmi: «Scusa, scusa davvero, dal profondo del cuore!» Per fortuna non avevo ancora bevuto, altrimenti sarei anche scoppiato a piangere. Ormai sapevano che non avevo più parenti, né un cane o un gatto raccattato al momento, nessuno: erano solo loro quattro ad assistere al mio matrimonio, eppure non avevano niente da ridire. Dopo un po' di portate, la mamma di Qiuzi si alzò e mi propose timidamente un brindisi.

Qiuzi era sempre stata una brava bambina, mi disse, ma mi pregava di perdonarla se non fosse riuscita a fare per bene qualcosa.

Arrossii. Avrei voluto ringraziarla, ma ero sopraffatto dall'emozione e non riuscivo a far altro che continuare a scusarmi.

Qiuzi si era di colpo acquietata, una vera sposina.

Fu soltanto quando i suoi presero l'ultimo bus per tornare a casa e noi arrivammo nel nostro appartamento che lei, con il bouquet ancora in mano, tirò finalmente il fiato e scoppiò a ridere: «Che rischio! Avevo detto alla mamma che non poteva piangere, che se avesse pianto non mi sarei sposata. E infatti non ha pianto! Aveva paura che gli rimanessi sul groppone?! Assurdo!»

«Arriveranno tardi, lassù in montagna».

«Già» fece lei.

Poi cominciammo.

È difficile cominciare nel silenzio assoluto. Qiuzi non era mai stata silenziosa come in quel momento, seduta sul bordo del letto con il collo incassato nelle spalle, simile a una farfalla immobilizzata in un quadro. Di sicuro si stava pentendo di aver riso troppo presto, perché una volta finita, quella risata aveva condensato l'aria e ci aveva fatto diventare muti. Non eravamo mai stati insieme in una stanza così silenziosa prima di allora.

Continuava a giocherellare con le frange dell'abito, che si stavano quasi strappando, ma non diceva una parola. Ci eravamo abbracciati soltanto quella sera di pioggia, nella casa prototipo, poi ci eravamo scambiati qualche bacio furtivo sul ciglio della strada, come due uccelli che becchettano il cibo. Se c'era stato qualcos'altro, era stato soltanto nei miei sogni. Eppure mi piaceva la sua timidezza. In quei quattro anni non avevamo vissuto un amore intimo e passionale come altri e neppure ci eravamo confidati l'uno con l'altra più di tanto. Ma mi faceva vedere quello che volevo vedere, la purezza dei suoi occhi, che comunicavano l'intimità di una trasparenza totale, la sincerità che è soltanto di chi ama profondamente.

Le baciai la nuca, sotto l'attaccatura dei capelli, così liscia e bianca, fin dentro il colletto; sembrava che portasse i capelli corti solo per aspettare questo momento. In realtà non era così, visto che quando ci eravamo conosciuti, quel pomeriggio al caffè, erano già corti. O magari chissà, li aveva sempre avuti corti, anche in una vita precedente.

Quando provai a slacciarle i bottoni sulla schiena mi accorsi che erano un'infinità. Cominciai ad agitarmi armeggiando con entrambe le mani mentre la stanza diventava sempre più silenziosa, tanto che mi sentii costretto a dire qualcosa: «Domani dobbiamo restituirlo, questo vestito».

Ed ecco, finalmente, una reazione: «Una volta, da piccola, non avevo chiuso la finestra e nella stanza entrò una lucciola».

«Ah! Che cosa romantica! Sarebbe bello se ne entrasse una anche adesso».

«Chiudi bene» sussurrò.

Chiusi la finestra e tirai anche le tende. Per guardarla mi restava solo la luce del lampadario centrale.

Ma lei era già sgattaiolata in bagno. Lo scroscio dell'acqua della doccia esitò per un po', poi diminuì improvvisamente fino a cessare del tutto. Si affacciò dalla fessura della porta: «Quando l'abbiamo affittata non ci siamo accorti che la porta della doccia è di vetro!» disse contrariata.

Anch'io lo notai solo allora e ne approfittai per sbirciare il suo corpo attraverso la cortina dell'acqua che aveva ripreso a scorrere.

La parete di piastrelle dietro la quale lei voleva nascondersi arrivava soltanto a metà altezza e perciò si vedevano vagamente le curve del suo profilo. L'ascella, il seno e quel corpo che ancora non conoscevo si muovevano lentamente nel vapore, come vacillanti immagini di un sogno, l'incarnazione di un nudo che appariva e scompariva tra le mie paure.

In quell'imbarazzo totale, non potei far altro che seguirla sotto le coperte. Era da poco passato il Capodanno, infilarsi nel calduccio del letto in fondo era un po' come ritrovarsi a chiacchierare davanti alla stufa d'inverno. Davanti a quell'immaginaria stufa i nostri corpi si toccarono, cominciarono ad allacciarsi, umidi, nel buio sotto le coperte sempre più calde, emergendo ogni tanto per respirare.

Alla fine le chiesi di quella lucciola, cos'era successo dopo che era entrata?

«Eh, ho pensato a un incendio» rispose Qiuzi, raggomitolata tra le coperte.

8.

Qiuzi cominciò a lavorare da un fiorista vicino alla nostra nuova casa. Apriva lei il negozio la mattina prestissimo per aspettare il furgoncino dal mercato che scaricava una meravigliosa profusione di fiori recisi. Prima di andare in ufficio, facevo un giretto intorno a casa e la vedevo seduta su uno sgabello, intenta ad accorciare i gambi e togliere le foglie brutte. Quelle le buttava in una cesta di bambù, mentre i fiori li sistemava sui ripiani alla sua destra. Allo spuntar del sole l'ombra del suo profilo, sul pavimento spruzzato d'acqua, sembrava anch'essa un fiore.

Nei pomeriggi di bel tempo andava a sedersi su una collinetta nel parco dei bambini, da dove vedeva il tetto della nostra casa spuntare oltre le chiome degli alberi. Quando tornavo dal lavoro si alzava per salutarmi con la mano, poi correva verso di me saltellando come i bambini, che nel mezzo dei loro giochi la guardavano ammirati, quasi ispirati.

La sera avevamo un'infinità di cose da raccontarci e ben presto dovetti abituarmi al fatto che Qiuzi non mi lasciava mai parlare. Per dire la mia dovevo aspettare che prendesse fiato tra una chiacchiera e l'altra, ma capitava spesso che si affrettasse ad aggiungere subito qualcosa al suo discorso infinito. Sembravamo due vecchi compagni di classe che anni e anni dopo il diploma si incontrino a una riunione, in cui uno dei due, dando prova di una memoria prodigiosa, sia in grado di ricordare benissimo ogni minimo aneddoto degli anni di scuola.

«Una volta stavo correndo velocissima e quando fui vicina al traguardo mi resi conto che i miei compagni facevano il tifo per me. Era strano, non era mai successo prima, perciò mi bloccai, dimenticandomi di correre. Finii la gara camminando».

«Mi sa che corri bene, snella e agile come sei!»

«Ma allora non ascolti: ti ho detto che al traguardo ci sono arrivata camminando. Il professore mi guardava con gli occhi sbarrati, i miei compagni applaudivano ridendo. Solo in arte ero brava, in musica me la cavavo, agli esami per l'agitazione sbagliavo le note e a un certo punto la canzone diventava un'altra».

«Perché ridi? Non le avevo mai dette, queste cose...»

Finita la pubblicità che stava scorrendo in TV, Qiuzi smetteva di parlare e si metteva a guardare la sua serie preferita, mentre io preparavo i documenti da portare al capo della Mada il giorno successivo. Alle dieci andavamo a letto, benché fosse ancora presto per dormire, perché avevamo mille sciocchezze da raccontarci, come due piccioncini che si rifugino nel loro nido. E in effetti a quel punto cinguettava, Qiuzi, che una volta in camicia da notte diventava finalmente una donna che mi ascoltava tranquilla, distesa sul letto, con gli occhi spalancati per la concentrazione. Quando menzionavo i nostri sogni futuri, nella penombra le sue fossette sulle guance si facevano sempre più profonde.

Fu così che una volta le raccontai la storia della capra che avevo allevato da piccolo. Nera, con una macchia grigia sul collo, ogni mattina belava puntualmente prima che io andassi a scuola, reclamando la sua erba. Poi cominciò a non belare più e a mostrare scarso interesse per quel che le portavo. Un giorno mi svegliai molto presto e scoprii che mio padre le stava già portando da mangiare: parlando tra sé e sé infilava l'erba tra i pali dello steccato, lasciando a me quella che restava dopo che la capra era già sazia. Quella mattina non andai a scuola con lui, sulla sua bicicletta, ma feci tutta la strada da solo, di corsa. Continuai così per vari giorni, giurando a me stesso che non gli avrei mai più rivolto la parola.

«Lo sai, Qiuzi, questa cosa mi tormenta ancora oggi».

«Immagino cosa avrà detto tuo padre alla capra».

«Non voglio saperlo».

«Eh, forse nemmeno lui vuole che io te lo dica».

Rimanemmo in silenzio, un po' immusoniti tutti e due, quella sera. Lei fingeva di dormire e io mi alzai a scrivere due pagine di diario. La sentii rigirarsi piano piano nel letto e capii che avrebbe avuto voglia di dire qualcos'altro, ma si trattenne. Anche lei, inaspettatamente, sapeva rimanere in silenzio e io fui sopraffatto dalla gioia di sentirmi capito. Mi ripromisi allora di non riversare più le mie tristezze su di lei, in futuro.

Dopo il matrimonio continuai a mostrare assoluta lealtà al capo della Mada, il quale cominciò ad affidarmi anche le sue faccende private, come portare i soldi a un'amante che aveva smesso di vedere per un po', consegnare un mazzo di fiori a un certo indirizzo a mezzanotte in punto, oppure intrattenere nel soggiorno attiguo all'entrata i funzionari di banca che venivano a trovarlo, chiacchierando amabilmente a gambe accavallate finché lui finiva di vedere la diretta della partita di baseball. Anche quando arrivava uno dei broker immobiliari con cui era in confidenza, lo facevo aspettare nell'ingresso e tornavo dal capo davanti alla TV continuando a urlare "Home run" e a discutere con lui quell'inning che non avrebbe mai dovuto assolutamente finire con i giocatori sulle basi.

Quando il capo mi chiedeva di uscire con lui, dovevo salire sulla seconda Cadillac. L'autista aveva così finalmente l'occasione di chiacchierare con un passeggero e si sfogava raccontandomi dei figli in piena ribellione adolescenziale, sempre però tenendo d'occhio la Cadillac davanti a noi. Se incontrava un semaforo giallo lampeggiante, schiacciava l'acceleratore e attraversava l'incrocio come una scheggia per rimanere attaccato alla prima vettura del corteo, evitando che qualcuno si infilasse in mezzo.

«Diventerò matto se continuo a guidare tutti i giorni una macchina vuota!» mi disse dando un colpo di clacson.

«Da quanto tempo è così?»

«Da quando al capo è andato di volta il cervello» rispose con una risatina.

Ma per me quelli erano momenti irripetibili: seduto come un nababbo vicino al finestrino, scostavo le tendine con gesto elegante e osservavo la marea silenziosa di umanità che si stendeva là fuori, tra persone e sciami di motorini che correvano avanti e indietro come onde del mare. Era strano pensare che poche ore prima avevo nuotato anch'io in quelle onde, dietro la visiera trasparente del mio casco rosa che s'appannava con il vapore del sudore.

Se annusi il profumo di pelle dei sedili posteriori di una Cadillac comprendi il significato profondo di quella seducente combinazione di soldi e potere, con in più un misterioso retrogusto che lo rende irresistibile e tuttavia inafferrabile. Se il percorso era lungo, pensavo a mio padre, che avrebbe avuto la stessa età del capo. Se fosse stato ancora al mondo, non avrebbe comunque potuto vedere le cose da questa prospettiva, ma avrebbe continuato ad andare a sgobbare a scuola in bici, rientrando a casa di corsa a mezzogiorno per dare da mangiare a mia madre, gravemente disabile dopo un incidente stradale, e quindi ritornare di nuovo a scuola in tutta fretta, per arrivare prima della terza e ultima campanella.

Erano entrambi uomini, ma con destini completamente diversi.

Speravo che l'autista, il signor Li, guidasse lentamente,

continuando fino al giorno seguente o fino a chissà quando, per darmi il tempo di immaginarmi così ricco da poter comprare l'intero paradiso, come quella Cadillac nera da sogno. Allora avrei potuto invitare con un cenno i miei vecchi: *Salite, finalmente possiamo vivere così...*

Oltre a permettermi il privilegio di questi viaggi in Cadillac, il mio capo mi dava l'opportunità di conoscere gli oscuri giochi della moderna burocrazia. Una volta andammo in municipio e fummo ricevuti dal responsabile delle opere pubbliche in persona, mentre il capo del settore edilizia, che io di solito non riuscivo a incontrare nemmeno implorando con fare ossequioso, stava lì sull'attenti a rispondere in modo più che esaustivo alle svariate richieste del mio capo. Quando fu di nuovo preda degli attacchi di gotta, in quegli uffici comunali ci andai da solo e tutti mi trattavano come un vecchio amico, mettendo sul tavolo spontaneamente tutte le pratiche che aspettavano da tempo una soluzione.

Questioni spinose s'appianavano d'incanto e io tornavo euforico dal boss, che però non si mostrava sorpreso né compiaciuto.

«Col denaro compri anche il cuore più caro» commentava con indifferenza.

Ebbi l'opportunità di accompagnarlo anche ad alcuni funerali importanti, ai quali si presentava con un completo nero abbinato a occhiali e cravatta scuri che lo facevano sembrare un mafioso, tanto che, al suo arrivo, era come se tutto il dolore della funzione si materializzasse nella sua figura. Metteva apposta gli occhiali da sole e pur non piangendo assumeva un'espressione solennemente affranta; teneva l'orazione funebre con una voce roca, profonda e con una tale partecipazione da straziare tutti i cuori, tanto che quando i parenti del defunto gli si inchinavano davanti per ringraziarlo dovevano soffocare i singhiozzi.

Quando recitava questa parte, in qualche modo dimostrava di essere in grado di fare proprio il dolore altrui con grande empatia, ma in altre situazioni, per esempio durante le partite di baseball, pareva dimentico e incurante del resto del mondo.

Fissava immobile l'agognata palla curva che partiva dalla postazione del lanciatore librandosi imprevedibile nell'aria, come un ramo di salice nel vento che turba l'armonica tranquillità dell'orizzonte. Sembrava che neanche respirasse, riprendeva a vivere solo quando l'avversario finalmente chinava la testa dopo aver perso il colpo.

«Se esce con tre macchine è perché si sente solo» diceva Qiuzi.

«Non capisco, i ricchi hanno sempre strane idee».

«Allora non voglio che diventiamo ricchi, è meglio come siamo adesso».

«No, invece: dobbiamo arricchirci in fretta, così potremo capirlo».

Eravamo seduti sul letto, appoggiati alla testata. Sulla parete di fronte era appeso un grande manifesto pubblicitario delle ville di una società edile: giardini immensi come verdissimi paesaggi montani, strade tagliate da viottoli ombreggiati dagli alberi, tortuosi laghetti artificiali che punteggiavano il paesaggio come note musicali. Qiuzi e io chiacchieravamo finché c'eravamo detti tutto, poi gli occhi socchiusi di entrambi si fermavano sul quel manifesto finché pian piano sopravveniva il sonno.

Era un paese dei sogni molto lontano, ma noi lo guardavamo così spesso da renderlo reale.

9.

Ci mancò poco che non riuscissimo a superarlo, quel terribile 1999.

Il terremoto ci sorprese nel cuore della notte e Qiuzi ne fu distrutta, anche se non le si torse nemmeno un capello.

Successe senza avvisaglie: in un attimo le pareti della stanza cominciarono a tremare, poi a ballare contorcendosi mentre i vetri delle finestre andavano in frantumi. Persino il letto si sollevò seguendo le contorsioni del pavimento e il lampadario cadde sulla trapunta.

Venni a sapere dopo che proveniva dal sottosuolo di una remota valle montana, dove un migliaio di buoi impazziti si erano di colpo rigirati nel sonno, come si dice da noi.

Mai scorderò il buio di quella scena, il rumore strano e allo stesso tempo familiare che si udiva nella stanza: era Qiuzi che tremava. Non la vedevo ma la sentivo pestare con i piedi sempre nello stesso punto, incapace di spostarsi. Nonostante i tagli che mi provocavo camminando sul pavimento cosparso di vetri rotti, arrivai a tentoni nell'angolo dove lei si agitava e la trascinai fuori tenendola per mano.

Ci precipitammo giù per la buia scala a chiocciola tra le urla che provenivano da ogni piano. Tra una rampa e l'altra riuscimmo a sbirciare la stradina sotto, immersa in una cruda oscurità nella quale lampeggiavano lontane alcune luci rosse. Finalmente raggiungemmo il pianoterra. Concentrato com'ero nello sforzo di trascinarla con me, non mi ero reso conto che Qiuzi non stava bene. Riusciva ancora a parlare e mi chiese balbettando: «Dove siamo?»

«Stai tranquilla, siamo quasi arrivati al parco».

Il parco era occupato da una massa scura dalla quale si levavano grida confuse, tra gente che chiamava all'appello i dispersi e bambini che piangevano. Poco dopo ci fu una forte scossa di assestamento che fece cadere dall'alto di chissà dove una serie di cose pesanti, mentre sulle strade cominciarono a sfrecciare i camion dei pompieri a sirene spiegate.

Per un momento persi di vista Qiuzi, che era stata spinta al limite del parco dalla gente che correva. Finalmente la ritrovai, tremante e con le braccia intorno alle ginocchia, sulla collinetta da cui mi salutava quando tornavo dal lavoro.

Non avevamo avuto il tempo di prendere una coperta, e mai avremmo pensato di dover affrontare un momento così terrificante nelle nostre vite. Le sue mani erano ghiacciate, come i piedi del resto, nudi perché nella concitazione aveva perso le ciabatte.

Qualche ora dopo, la ressa cominciò a diradarsi, qualcuno tornò impaurito in casa, qualcun altro si infilava in auto per scaldarsi, altri ancora salivano su macchine venute a prenderli. L'orizzonte iniziava a schiarirsi, ma Qiuzi scuoteva la testa rifiutandosi di tornare nell'appartamento. Fissava le chiome degli alberi che spuntavano oltre il tetto, con lo sguardo insolitamente spento.

Se avessi capito che le era successo qualcosa, non mi sarei incaponito a cercare di telefonare al capo della Mada e in ditta, quando le linee erano tutte interrotte. Mentre il sole pian piano fendeva le nuvole, uscii dal parco per correre a comprare la colazione per Qiuzi, raccomandandole di aspettarmi seduta lì dov'era.

Poi mi precipitai in ditta, dove arrivarono uno dopo l'altro anche tutti i miei colleghi. A quanto pareva, soltanto a una di loro era crollata la casa. Il capo stava impartendo gli ordini, mandando ciascuno di noi in un quartiere in cui avremmo dovuto valutare la situazione, evitando di scambiare opinioni personali con i residenti, e poi fargli rapporto. Se i danni fossero stati ingenti, saremmo dovuti rientrare immediatamente in sede a illustrarli.

Io fui inviato in un edificio a uso residenziale e commerciale di più di trecento unità, in una strada brulicante di attività. Solo gli abitanti degli appartamenti sopra i negozi erano più di un migliaio. Arrivato praticamente davanti all'edificio, mi fermai per rifugiarmi all'ombra di una fila di vecchi alberi, perché non trovavo il coraggio di guardare. Evidentemente ero ancora tormentato, dopo anni, dal passaggio tra la vita e la morte, e sebbene stavolta la risposta fosse lì e mi sarebbe bastato uno sguardo per capire se la costruzione avesse retto o no al terremoto, tenevo gli occhi chiusi come se fossi cieco.

Fu per questo che quando li riaprii appena appena e lo vidi ancora in piedi, alla luce del sole, mi misi a piangere come un cretino e tornai di corsa in ditta a dare la buona notizia. Poco dopo, il direttore generale ci riferì le ultime notizie: senza contare dispersi e feriti, nell'intera isola i morti erano più di duemila ed erano più di diecimila gli edifici crollati, ma i dati sui danni venivano continuamente aggiornati.

Ascoltati i nostri resoconti, il capo restò in silenzio per un po', poi di colpo il volto gli si accese di una gioia selvaggia, come se in quel disastro avesse colto una cruciale opportunità. Immaginava che le banche avrebbero subito congelato i fondi per l'edilizia e quindi molte ditte avrebbero dichiarato fallimento. Cominciò a snocciolare una lista nera in cui figuravano i nomi di alcuni dei nostri più temibili concorrenti come quelli dei suoi più odiati nemici, poi ci fece gridare con forza il motto della ditta, al quale seguì un caloroso applauso collettivo. Quando tutto fu finito, nell'aria risuonò stentorea un'ultima sua affermazione: «Noi no, noi non siamo crollati!»

Però era crollata Qiuzi.

Tornai di corsa al parco, dove trovai soltanto la focaccia al sesamo e il latte di soia intatti, lì sul prato. Vedendomi correre avanti e indietro, una donna mi chiese se ero un suo parente e mi disse che l'avevano portata in ospedale.

Nella cartella clinica c'era scritto soltanto che nelle due ore in cui l'avevo lasciata lì era svenuta per ipotermia e che non presentava altri sintomi osservabili. Perciò la riportai a casa, ma quando aprii la porta, l'appartamento non sembrava più lo stesso: le nostre cose erano sparse ovunque sul pavimento, erano rimasti in piedi solo i muri; il manifesto che guardavamo ogni sera penzolava mezzo staccato, ondeggiando al vento autunnale che entrava dai vetri rotti.

Qiuzi smise di lavorare dal fiorista. Passava le mattine seduta sul balcone a prendere il sole, mentre nel pomeriggio entrava spesso in uno strano stato di stordimento che le impediva di venire al parco ad aspettarmi. Ma questo non era grave. Era quando calava la sera che tutti i suoi problemi venivano a galla: era scossa da improvvisi brividi di freddo seguiti da vampate di calore e vomitava quel poco che era riuscita a fatica a mangiare.

A un ulteriore controllo, il medico le diagnosticò una certa sindrome, un accumulo di paura e solitudine che si era scatenato con il terremoto. Non c'erano cure specifiche se non l'appoggio dei familiari, con l'aiuto dei quali si sarebbe lentamente ristabilita. Che razza di ricetta medica era, quella? Guarire era facile a dirsi, ma non c'è niente di peggio che trovarsi bloccati, senza via d'uscita, incapaci di andare da una parte o dall'altra. Non sapevo che cosa avesse bloccato Qiuzi e quando il medico mi chiese quali fossero, normalmente, le sue paure e le sue gioie più grandi, riuscii solo a balbettare una risposta generica. Io l'amavo perché la trovavo amabile, e l'amavo tantissimo, ma non avevo ancora avuto occasione di scandagliare la sua anima.

Continuavo a tornare col pensiero alla notte nera come la pece del terremoto: perché Qiuzi saltellava ferma nello stesso posto? Eravamo a meno di tre metri l'una dall'altro, mi sarebbe bastato fare due passi per stringerla tra le mie braccia, ma l'oscurità di quel momento ci aveva precipitati in due mondi separati.

Eppure io volevo aiutarla. Ripulii e riordinai perfettamente la casa, riparai con le mie mani le crepe sulle pareti, cercai dappertutto gli arredi più nuovi e originali per decorare ogni angolo spoglio e spesi i nostri ultimi risparmi per un parquet su cui lei potesse sedersi e sdraiarsi ogni volta che voleva.

A Qiuzi piaceva sdraiarsi direttamente sul pavimento, il profumo intenso del legno la calamitava lì, e in quell'apatia ritrovò una traccia di allegrezza, tanto che finalmente le tornò la voglia di chiacchierare. Non riusciva ancora a parlare dei suoi ricordi, ma voleva che le raccontassi qualche aneddoto interessante della mia vita.

Benissimo: ma dopo essermi spremuto le meningi mi resi conto di quanto insulsa fosse la mia vita, come se avessi percorso una strada desolata. Non trovavo niente di interessante da raccontarle. Non mi restò che tornare agli anni dell'infanzia, evitando in tutti i modi gli episodi dolorosi che non le avrebbe fatto bene ascoltare, ma quasi tutto del mio passato era doloroso.

«Allora raccontami la cosa che ti ha più imbarazzato».

«Credevo che mio padre fosse il direttore della scuola».

«Ah! E non lo era?»

«Aspetta, me n'è venuta in mente una».

Finalmente mi ero ricordato di un piccolo dispiacere che forse poteva risultare divertente e che risaliva a quando avevo sette anni, il periodo in cui ero più sicuro di me. Il capo villaggio ci aveva concesso di abitare gratuitamente in una baracca col tetto di paglia dove lui di solito teneva i fertilizzanti e la pompa dell'acqua. In quella capanna, usando le mattonelle di carbone, stavo bollendo i *tangyuan*, le palline di riso dolci per il solstizio d'inverno. Belle, grosse e tonde riempivano la pentola, bianche come fiori di susino e rosa come quelli di pesco. Quando finalmente una dopo l'altra erano venute tutte a galla, afferrai la pentola per i manici ma la rovesciai maldestramente e le mie palline finirono per terra. Però erano buone lo stesso, così buone che mio padre, dopo il lavoro, ne mangiò tre ciotole di fila. Io invece mangiavo lentamente, perché ne voleva anche mia madre: ne addentavo metà e l'altra metà gliela infilavo in bocca.

«Perché metà?» mi chiese Qiuzi.

«Be', perché mia madre aveva la bocca piccola».

Finalmente l'avevo fatta ridere, anche se di un riso trattenuto, con una mano sul petto per soffocare il rumore.

Dopo il mese di ottobre Qiuzi cominciò a mostrare segni di miglioramento. Gli incubi notturni però continuavano e appena si svegliava correva a infilarsi le ciabatte: il ricordo della scossa dell'1.47 era ancora impresso nella sua mente, rendendola eccessivamente paurosa. Finché un giorno, in una conversazione casuale, mi disse: «Quand'ero piccola, casa mia prese fuoco e l'incendio fece cadere le travi del soffitto. Avevo una sorella, ma le fiamme la ridussero a un mucchietto annerito».

Mi ricordai all'improvviso di quando, nella nostra prima notte di nozze, di punto in bianco aveva tirato in ballo la lucciola. Avevo pensato fosse una specie di battuta per alleviare l'imbarazzo del momento, invece era una triste associazione di pensiero. Anche il fatto che ogni sera nascondesse la ferita sotto il seno aveva ragioni ben fondate e ora capivo perché avesse paura di tenere le finestre aperte: persino una lucciola era per lei fonte di angoscia.

Come stavano le cose tra noi? Era stata solo la somiglianza dei nostri destini a metterci insieme?

Una notte mi disse piangendo di aver sognato che i suoi genitori erano rimasti intrappolati sotto il letto perché era crollata una parete. Il capo villaggio aveva mandato due ruspe per aprire un varco e salvarli, ma quell'azione troppo violenta aveva tagliato di netto una gamba, due gambe... Stava ancora raccontando il sogno quando scoppiò all'improvviso il primo acquazzone autunnale di quell'anno. Lei protese il collo per ascoltare meglio e a me sembrò che il rumore della pioggia le stesse in qualche modo ridando lucidità. Ma poi di colpo cambiò scenario e, come se parlasse nel sonno, disse: «Si era rotto il tetto e sentendo l'acqua piovana gocciolare non osavo dormire tutta la notte ma, sai, da quando ho lasciato casa, ho sempre nostalgia della pioggia: quando pioveva tutta la famiglia stava a casa».

«Certo, come noi due adesso».

«No, è diverso. Tu non hai mai sentito piovere davvero. Quando piove, soffia il vento e si sente il fruscio dei bambù. Sembra che qualcuno stia tostando i fagioli, è un fruscio leggero, ma io lo sentivo».

«Quando ho tempo andiamo insieme a casa tua a riprenderci quel rumore».

Dopo un lungo silenzio commentò sconsolata: «Lo so che non avrai mai tempo».

Aveva colto nel segno. Per due mesi di fila la compagnia

aveva sospeso tutti i giorni di riposo dei dipendenti. Il mercato era più congelato di una distesa di ghiaccio, i clienti chiedevano il risarcimento dei contratti che avevano fatto poco prima del terremoto e quelli che avevano prenotato anche due anni prima temporeggiavano. Il capo fu costretto a chiedere aiuto alla direzione del gruppo e così, una mattina all'alba, era arrivato suo padre in persona. Reggendosi con rabbia sul bastone da passeggio, il vecchio fece una sonora sfuriata al figlio, mettendolo alle strette.

Il mio capo, però, reagì con prontezza e mi incaricò di occuparmi personalmente del padre: «Di' tu al vecchio che per il mese prossimo avremo pronto un piano d'emergenza, io adesso devo vedere un cliente».

«Buono a nulla, non finanzierò più la squadra di baseball, non sognarti di venire a chiedermi altri soldi».

Negli uffici non si sentiva volare una mosca e io, facendo da secondo bastone, accompagnai il vecchio all'ascensore e insieme salimmo sul terrazzo sul tetto.

Non riuscivo a mantenere la promessa fatta a Qiuzi: tutte le sere, quando tornavo, lei dormiva già. Mi lasciava sul tavolo una semplice cena di cui lei non aveva neanche assaggiato un boccone, e accesa c'era soltanto una lampadina, tanto che l'appartamento aveva la stessa aria tetra del mercato immobiliare.

Seduto sul bordo del letto, la osservavo e notavo come il tormento che stava vivendo ormai da tempo l'avesse ridotta a pelle e ossa. Volevo svegliarla, ma temevo di interferire con la terapia che lei stessa faceva nei suoi sogni e decisi che era meglio aspettare, limitandomi a starle vicino. L'errore l'avevo commesso io. Se in quei momenti terrificanti del terremoto avessi mantenuto calma e fermezza, l'avrei avvolta in una coperta e mi sarei rifugiato con lei sotto il letto tenendola abbracciata, anziché trascinarla d'impeto fuori di casa. La sua anima le era scivolata via mentre correvamo al parco, dove era arrivato soltanto un involucro vuoto. La casa alla fine non era crollata, dunque quella fuga concitata non era stata la scelta giusta. Avevo sempre corso, fin dai tempi delle elementari, ma stavolta avevo sbagliato: Qiuzi non aveva colpa, era una ragazzina innocente ferma lungo la strada che per sua sfortuna avevo trascinato via con me.

Di solito non sappiamo cosa ci riserva il futuro e quando succede qualcosa diciamo che è stato il destino, ma in quel periodo io lottavo per cambiare verso, a quel destino, perché non ero disposto a credere che la vita che avevo appena cominciato fosse così tetra. Mentre mangiavo in silenzio il cibo ormai freddo, non mi accorgevo che le lacrime mi scendevano fin nella ciotola. Erano bocconi amari, i nostri, ma mangiandoli insieme conservavano una fragranza e un retrogusto piacevoli, mentre da solo li trovavo insopportabili. Mangiavo come un rifugiato che, scappato dalla carestia, si ritrova alla deriva in un mare oscuro, e aspettavo che Qiuzi aprisse gli occhi.

Col senno di poi, avrei dovuto essere contento per come andavano le cose allora: lei era ammalata, ma perlomeno non mi aveva lasciato e potevo ancora tenerle la mano e aspettare che si svegliasse.

Arrivai addirittura a concepire l'idea assurda che forse un rumore di pioggia potesse salvarla. Visitai diversi negozi di strumenti musicali, finché trovai quella che mi sembrava una soluzione. In una sala prove annessa a uno di quei negozi, una donna si esercitava al piano. Rimasi alle sue spalle finché non finì un pezzo e allora, mimando la forma con le mani, le dissi che stavo cercando uno strumento di accompagnamento al canto, una specie di grande osso che, scuotendolo, produceva un suono un po' lugubre.

«A che cosa le serve?»

«Pioggia...»

«Da usare per accompagnare la pioggia?»

«No, per imitarne il rumore».

Lei annuì con una certa perplessità: «Sta parlando delle maracas?»

«Forse. Hanno dentro la sabbia?»

«Però non direi che fanno il rumore della pioggia, non mi danno quella sensazione».

Molto solerte, sfogliò un catalogo e fece alcune telefonate, ma non riuscendo a trovare niente di convincente, tornò a chiedermi: «Lei l'ha visto di persona?»

«No» risposi scuotendo la testa, «so soltanto che ha un suono simile a un fruscio».

La sua espressione tradì un «ma che cosa ci vorrà mai fare!», tuttavia non mi abbandonò e io pensai che anche nella sua prossima vita sarebbe stata una brava persona. Aggrottò le sopracciglia.

Ma quando il suo sguardo pensieroso cadde su un manifesto all'improvviso gridò: «Aspetti un attimo, ci sono! Una volta ho assistito a un concerto di strumenti di bambù e credo di aver visto quello che cerca...»

Si riattaccò al telefono per un bel po', tanto che quando finì non aveva quasi più voce.

Mi scrisse quindi su un foglietto l'indirizzo di un laboratorio di strumenti di bambù dove producevano quello che cercavo, ma solo per loro uso interno. Non era sicura che fossero disposti a vendermelo.

«Ci provi, forse avrà fortuna! In ogni caso, adesso sa almeno cosa sta cercando» concluse.

Aveva ragione. Quanto a me, non mi sarei fatto scrupoli neppure a pregare in ginocchio perché me ne vendessero uno. Mentre stavo uscendo dal negozio, lei, sedendosi al pianoforte e sollevandone il coperchio, si voltò verso di me aggiungendo: «Si chiama flauto della pioggia o bastone della pioggia. L'ho appena scoperto anch'io...»

Andai all'indirizzo che mi aveva dato e trovai effettivamente il laboratorio; quando ne uscii era già tardi. Tenevo nascosto sotto la giacca il bastone della pioggia che ero riuscito a procurarmi con tanta fatica, ma morivo dalla voglia di provarlo già per strada. Era un tubo di bambù, ricordava un po' i salvadanai che usavamo da bambini, ma appeso a tracolla poteva sembrare una spada. Una spada dolce, però, che la maestra dell'arte del bambù, con il suo visetto infantile, mi aveva mostrato come suonare: lo si rovesciava da un lato e poi dall'altro, modulando la potenza del suono con le mani e regolando l'intensità della pioggia da imitare, scuotendolo a velocità diverse.

«Lo muova come fosse una clessidra».

«Ha ragione. Sento il fruscio».

«Certo che sua moglie è una donna fortunata» fu il suo commento.

Arrivato sotto casa, non resistetti e, approfittando del fatto che l'androne delle scale era deserto, tirai fuori furtivo il mio strumento e lo provai, puntandolo verso il cielo notturno...

Mi misi il pigiama senza far rumore e in punta di piedi mi avvicinai alla parte del letto dove Qiuzi dormiva profondamente, come se stessi portando una medicina miracolosa dal profondo delle montagne. Era l'unica cosa che potevo fare, mi veniva da piangere ma nello stesso tempo speravo nel suo effetto. Rovesciai da un lato il bastone della pioggia e lo scossi pian piano, poi lo rivoltai ancora con cautela ed ecco che il suono lontano della pioggia arrivò all'orecchio di Qiuzi.

Frr frr, sembrava che qualcuno tostasse fagioli in un boschetto di bambù.

I suoi occhi si aprirono leggermente, come stelle che finalmente illuminino una notte buia. Tese la mano e mi afferrò la manica, tirandomi e spingendomi come fossi un'altalena, e a quel punto lo scroscio si fece fortissimo! Uno dopo l'altro gli scrosci di pioggia risuonarono attraverso il bosco di bambù, portati dal vento...

«Come ti è venuto in mente? Perché sei così buono con me?»

Non era soltanto un tubo di bambù? E dentro non c'era soltanto un mucchietto di sabbia? Era un'illusione fugace, ma ora Qiuzi era completamente sveglia, i suoi occhi s'illuminarono, si sedette sul letto e si rannicchiò contro di me, con le guance rigate di lacrime.

Ci provammo una volta ciascuno, lei con più forza. I fagioli nel boschetto venivano rivoltati vigorosamente. Poi mi si gettò addosso, con il suo corpo che era molto più fragile di prima. Era sopra di me, petto contro petto, i pori della pelle che combaciavano con i miei. Parlava in modo flebile, ma dalle sue labbra mi arrivavano il suo alito dolce, la sua saliva tiepida, come se nel segreto del suo essere avesse fatto sgorgare per me una sorgente calda.

Pioveva dappertutto, nella nostra stanza.

Frrr frrr…

10.

Il capo era evidentemente spaventato dalla desolazione del mercato immobiliare nel periodo che seguì il terremoto. Si sforzava di venire in ufficio tutti i giorni, talvolta in ciabatte. Dalle dita dei piedi, infiammate e gonfie, il rossore si estendeva fino alle caviglie. Dopo la ramanzina del padre, aveva cominciato a ricevere personalmente tutti i funzionari di banca che venivano in visita, moderando la sua usuale esuberanza quando chiacchierava e scherzava con loro, congedandoli sempre con un omaggio, accompagnandoli con uno sguardo esageratamente dimesso fino al momento in cui non si chiudevano le porte dell'ascensore. Tornava in vita solo dopo che se n'erano andati, e a quel punto mi faceva telefonare a destra e a manca per sapere chi aveva vinto la partita, se era finita, se quel mancino era intervenuto a salvare la situazione.

Dopo sei mesi di crisi, arrivavano continue le notizie di ditte che avevano cominciato a ridurre il personale, i costruttori degli edifici crollati erano scappati sulla costa occidentale degli Stati Uniti e in Canada, mentre quelli rimasti sul campo soffrivano per mancanza di clienti. Non bastava abbassare i prezzi, i grattacieli facevano ancora paura, inutile qualsiasi strategia di marketing, tutti soldi buttati.

Un giorno, il capo mi fece entrare in una stanza segreta.

«Non sottovalutare questo posto, la gente comune non ci entra neanche una volta nella vita» mi disse.

La stanza misurava al massimo una trentina di metri quadrati, non aveva finestre e il ventilatore ronzava quanto un potente sciame di zanzare.

Mi citò i nomi delle personalità di spicco che ci erano entrate, gente dello Yuan esecutivo del governo, o candidati favoriti per lo Yuan di controllo,[2] tutti funzionari di alto livello.

«Il sigaro è un simbolo del potere, è ora che anche tu allarghi un po' i tuoi orizzonti».

In quella stanza segreta c'erano due file di mobili bar e accanto una scatola di vetro che sembrava uno di quei frigoriferi da ghiaccioli che si trovano negli spacci scolastici.

Sollevò il coperchio di vetro: «Qui ci sono i migliori sigari del mondo, scegline uno».

Non ne avevo mai neppure annusato uno, di sigaro. Deglutii, chiedendomi perché si comportasse così con me.

«I più costosi sono i cubani, ti consiglio quelli».

Prese il tagliasigari a semicerchio, tagliò via le punte e con un *clac* dell'accendino i due sigari si accesero di un rosso che pareva l'ultima vampata del secolo. In quel periodo di crisi del mercato, era stato bistrattato dai suoi fratelli: mi passò il sigaro poi cominciò a inveire contro tutti, emettendo fumi e scintille di rabbia attraverso il suo cubano, che pareva un cannone.

«In questa situazione conviene stare a guardare con le mani in mano» disse.

«Ho già preparato la proposta per un centro di vendite

2. I due *Yuan* (Consiglio) sono gli organi giudiziario e di controllo del governo della Repubblica di Cina. (*N.d.T.*)

integrato per promuovere le case rimaste invendute» dissi io. «Avevo pensato al terreno accanto al mercato ortofrutticolo, per presentare al pubblico tutte le proposte contemporaneamente».

«Bravo, accidenti! Vedo che lo stai usando, il cervello».

«C'è altro che vorrebbe che facessi, presidente?»

«Frena, giovane, sto lavorando per stordirti per bene».

Con in bocca quel sigaro marrone che pareva un cannone esploso, parlava in modo confuso, come se mugugnasse tra sé e sé. A metà frase aspirava avidamente una boccata di fumo, riappiccando il fuoco di guerra all'estremità del sigaro. Le mani erano effettivamente impegnate a girare la bottiglia di vino rosso che stringeva tra le ginocchia: doveva aver infilato storto il cavatappi perché il tappo gli si sbriciolò sulla patta dei pantaloni.

Così come non avevo dimestichezza con i sigari, non l'avevo neanche col vino e non sapevo come aiutarlo. Rimasi inebetito a guardarlo trafficare, attento a cogliere eventuali parole che uscissero dallo spazio lasciato dal sigaro. «Bevi un goccio con me, porca puttana!» Questa frase fu chiarissima.

«Pensavo che con uno tsunami bastasse non avventurarsi nelle onde, non credevo che bagnarsi i piedi a riva fosse ancora più pericoloso. Facciamo così: vista la tua proposta di un centro integrato per le vendite, io alzo la posta e propongo un premio per chi acquista: se ordinano subito, la ditta aiuterà a pagare gli interessi del mutuo dei primi due anni. Pensi che possa funzionare? Dobbiamo far rientrare in fretta il capitale, altrimenti se continua così, io ci morirò, qua dentro».

«Un risultato ci sarà senz'altro, presidente, ma è sicuro di voler procedere?»

«Il mio vecchio si opporrà, ma devi sapere che se non vendiamo le case, fallirà anche lui».

Si riempì il bicchiere e lo vuotò in tre sorsi. Se ne versò un secondo, incitando a bere anche me. Alzai il calice e ne bevvi un goccio. Il gusto pastoso del vino mi salì dalla punta della lingua alla testa, un aroma ricco che pareva tostato dai raggi del sole e che stemperò il sapore del sigaro.

Adesso che avevo provato quelle due cose preziose, mi rendevo conto che dietro il gusto pieno e pungente che sprigionavano doveva celarsi un significato recondito che ancora non coglievo. Il sigaro in particolare: non sapevo perché ma il solo tenerlo tra le mani mi dava un senso di potere e di importanza che neppure la spada di un samurai sarebbe riuscita a trasmettermi.

«Tu sei un tipo da sigari e vino rosso, un giorno ne rimarrai stregato. Non mi sbagliavo: quando sei venuto per il colloquio ho visto nei tuoi occhi la determinazione estrema di chi si sta arruolando in una squadra di kamikaze. Hai sofferto molto nella tua vita, troppo, ma non importa, perché forse stai per rialzare la testa».

«Me la passo bene, ora».

«Non vorresti passartela ancora meglio?»

Non sapevo come rispondere, la sua domanda mi lasciava interdetto e mi batteva forte il cuore, inebriato.

«Alla tua età, io ero già negli Stati Uniti, avevo studiato in cinque università e mi ero sposato con la più bella studentessa di tutta l'America orientale. Forse non lo sai, ma mia madre era la terza moglie e se sono tornato è perché in questi anni avevano cominciato a contendersi le proprietà».

Aspirò una profonda boccata di fumo e la punta del suo cubano s'infiammò come i suoi occhi: «Guarda là fuori, è così da duemila anni, questa diabolica situazione non è cambiata. Se continua così, i miei fratelli potranno ben ridere. Il direttore generale è un raccomandato della prima moglie, il direttore finanziario è un parente della seconda, capisci che se ti guardi intorno non vedi niente di buono».

Buttò fuori il fumo e con aria grave mi disse: «Tu mi sei fedele, vieni via con me».

Il mio sigaro si era già spento da un po' e dopo averlo riacceso con il suo accendino aspirai profondamente come faceva lui. Le labbra mi tremarono leggermente e mi stupii dell'aroma che sentii questa volta: era profondissimo, come se contenesse la più recondita intimità dell'animo.

Aspettavo che continuasse a parlare, che mi illustrasse dettagli certamente più brillanti della situazione attuale: dove voleva portarmi? Dove sarebbe stato meglio di qui? Era ovvio che fossi interessato a un posto nel quale io e Qiuzi avremmo potuto vivere meglio.

«Per ora ti dico che lascerò qui il direttore generale e tu verrai con me a Taipei, dove c'è un'immensa collina per la quale sono stati già approvati tutti i permessi edilizi. Dopo il terremoto, si vendono solo villette, dobbiamo approfittare subito di questa manna dal cielo. È la torta più grande nella nostra proprietà di famiglia, sono in tanti con l'acquolina in bocca, e se tu sarai al mio fianco, potrai aiutarmi a proteggermi dai loro complotti. Inoltre, anche tu devi cogliere quest'occasione, per garantirti la pensione anticipata e tanti soldi da poter stare tranquillo tutta la vita».

Non ero proprio un gran bevitore, erano bastati pochi sorsi e quando mi alzai mi resi conto che ero già brillo.

Mentre uscivamo dalla stanza segreta, il capo mi chiese: «Sai perché ho scelto te?»

Non ne avevo idea, ma percepii una parola uscire dalla sua bocca insieme al fumo, e quella parola era: *Sincerità*.

11.

Qiuzi riprese a lavorare dal fiorista.

Con la malattia aveva assunto un'aria malinconica che, associata ai capelli più lunghi, faceva di lei una sposina un po' provata dalla vita. Volevo dirle di tagliarli, ma poi pensai che andava bene così: la malattia l'aveva trasformata in una Qiuzi più matura, e quel cambiamento mi piaceva. Forse, se si fosse lasciata crescere i capelli, il suo viso avrebbe acquistato ancora più fascino e a quel punto non avrei più amato soltanto la sua aria sbarazzina, ma tutto di lei.

Nel passare davanti al fiorista, fischiettavo sommessamente e la guardavo sorridere mentre aiutava i clienti a scegliere i fiori o preparava mazzi di rose per gli innamorati o gigli con rami di velo da sposa. A vederla così magra e fragile mi si stringeva talmente il cuore che pensavo che se in futuro avessi potuto accollarmi la sua malattia, non sarei stato peggio di quanto stessi allora.

Una sera, stranamente, mi disse che aveva voglia di uscire e dopo cena le proposi di andare al cinema. A metà strada, però, cambiò idea: «Andiamo in centro a guardare le vetrine: non costa niente ed è tanto che non lo facciamo».

Mi andava bene tutto: bello andare al cinema, ma ancora meglio renderla contenta. *Allora facciamoci questo giro in centro e se ci va di comprare qualcosa la compriamo: le vetrine non son fatte per guardarle e basta, sarebbe come farsi un giro in ospedale per non ammalarsi!*

Ma non le rivelai questi miei pensieri. I grandi magazzini stavano celebrando un anniversario e su ogni bancone era appeso un cartello che annunciava gli sconti. Salimmo con l'ascensore all'ultimo piano, per poi scendere di reparto in reparto con le scale mobili. L'altra volta mi ero pentito di non aver insistito per comprarle quel cappotto, perciò ora scelsi di nascosto due sciarpe di seta che mi infilai sotto il braccio, più un maglione a collo alto che le sarebbe stato benissimo. Se lei lo voleva, avrei speso qualsiasi somma per farla contenta.

Mi scoprì mentre ero in coda per pagare e rimise ogni capo al suo posto.

«Se proprio sei in vena di spese, a casa abbiamo bisogno di un bollitore».

E così al reparto elettrodomestici ne scelse uno smaltato color verde mela talmente piccolo che bastava appena per dare acqua a un uccellino, con un beccuccio che pareva un paio di labbruzze imbronciate.

«È troppo piccolo, guardagli la bocca, sembra che chieda altra acqua!»

«E siccome sei così buono con me, ti aiuterò a dargliela».

Non mi restò che rassegnarmi. La sua frugalità rifletteva le mie mancanze. Non riuscivo a capire come una donna potesse sopportare tutte quelle privazioni materiali. Per esempio, quando finì il suo rossetto rosa pesca, non ne comprò un altro e le sue labbra disidratate persero lucentezza, diventando pallide come quelle di chi è a digiuno da giorni.

Una settimana prima se l'era presa con la sua malattia, aveva detto che sarebbe guarita presto, che non voleva stressarmi ancora con quelle preoccupazioni. Il giorno dopo era andata al parco da sola a saltare la corda, dalla finestra vedevo le sue spalle minute alzarsi e abbassarsi e il semicerchio della corda che appariva e scompariva illuminato dalla luce del tramonto che si affievoliva sempre più, come l'illusione di una felicità ormai perduta.

Comprato il bollitore Qiuzi chiese di tornare a casa, anche se non avevamo visitato che metà del centro commerciale.

Il mio problema era ancora lì, l'avevo portato fuori e riportato a casa.

Avevo pensato di raccontarle tutto lungo la strada, volevo farle una sorpresa, dicendole che finalmente avevamo l'opportunità di cambiare in meglio le nostre vite, ma poi riflettei sul suo stato di salute, chiedendomi se avrebbe retto la notizia che me ne sarei andato al nord, lontano da casa. A esasperarmi era il fatto di non capirci più niente: fosse stato soltanto per me, avrei anche potuto rinunciare a Taipei, ma era soprattutto per lei che ci sarei andato, eppure non mi decidevo a parlargliene.

Probabilmente il mio difetto è che penso troppo, non come Qiuzi che non riusciva a nascondere niente, diceva in fretta tutto quello che le passava per la mente, e quando le cose che la rendevano felice cominciavano a scarseggiare, continuava a ripeterle senza sosta nei giorni successivi.

Se fosse stata davvero felice, perché avrebbe dovuto tornare su argomenti ormai superati?

Ancora mi scervellavo cercando il modo migliore per dirglielo, quando il momento buono passò.

Avevo sottovalutato il bollitore. Come ho già detto, non sappiamo cosa ci riservi il futuro e mai avrei pensato che un bollitore potesse stravolgere la nostra vita insieme. Quel beccuccio d'uccello ci portò sfortuna e quando produsse il primo filo di fumo, la mia vita si era già persa nel buio.

III

Chi altri, se non noi?

Tutto cominciò da un'inezia, signorina Baixiu, e se fu quest'inezia a cambiare il nostro amore, allora doveva trattarsi di un amore meschino, di persone da niente. Eppure il drammatico cambiamento scaturì dal banale fatto che Qiuzi aveva comprato un bollitore.

Quella sera tornammo a casa tutti soddisfatti e preparammo il tè con il nostro piccolo bollitore verde mela, che mentre bevevamo ci guardava col suo beccuccio imbronciato. Di certo non ci immaginavamo che, oltre a emettere vapore, stesse già imprimendo una nuova piega alle nostre vite. Lo chiami pure destino, signorina Baixiu, come fanno in tanti quando s'imbattono in un cambiamento di tale portata. Quanto a me, guardi, sinceramente tutto ciò che non mi torna lo addebito a quel bollitore.

Devo dirle subito che con il biglietto della lotteria abbinato al bollitore vincemmo una reflex.

Non ebbi alcun presentimento il giorno dell'estrazione, una normalissima domenica in cui Qiuzi volle celebrare la grande stima dimostratami dal mio capo, tanto che ci stavamo godendo un'ottima cena in un ristorantino di cucina locale.

«Che strano: perché poi stiamo festeggiando, visto che finita la cena mi abbandonerai?»

Non le avevo confidato le mie preoccupazioni. Ogni tanto Qiuzi ripensava al terremoto e a volte bastava anche un lievissimo rumore per scatenare le sue paure. Chissà cosa sarebbe successo una volta che si fosse trovata sola per tutto il giorno. Anche se dal suo volto non traspariva nessun segno d'ansia, la sua voce aveva già perso qualsiasi sfumatura gioiosa.

Quando dopo cena passammo dinanzi ai grandi magazzini, nello spiazzo davanti all'entrata trovammo una folla esultante, con gente addirittura sulle aiuole sotto gli alberi del viale. L'altoparlante stava annunciando i nomi dei vincitori della lotteria e in quell'istante, un istante in sé privo di significato, risuonò il nome di Qiuzi. Incredula, lei mi strinse la mano e quando udì riconfermare il suo nome si tuffò nella calca: a quel punto l'altoparlante, quasi l'avesse individuata nella folla, illustrò con grande entusiasmo in cosa consistesse quel fantastico premio.

Qiuzi si girò a guardarmi, poi cominciò a saltellare in mezzo alla gente.

È davvero assurdo, signorina Baixiu, che una tragedia sia nata da una gioia: sono stati l'acquisto di un bollitore e la vincita di una macchina fotografica a spingerci, sei mesi più tardi, sulla strada di casa vostra, casa Luo.

1.

Sotto un cielo azzurro d'inizio primavera, il fiume Xindian scorreva tumultuoso tra le gole delle montagne al confine della contea di Taipei.

La proprietà, da vent'anni nelle mani del gruppo Mada, dominava tre vallate con panorami diversi, dal torrente scrosciante, a est, al pianoro sotto la scarpata a sud e, oltre una curva, l'amplissima distesa della brulicante Taipei. Una volta ottenuto il permesso di edificare, era nato un piano di sviluppo inimmaginabile per quella terra: una scuola, un mercato, dei parcheggi, dei laghetti per il contenimento delle acque, un parco per bambini, un centro comunitario, ai quali si aggiungevano un sito termale e una via dello shopping ancora in fase di progettazione.

Il cantiere si serviva di strade temporanee che si diramavano in ogni direzione. Sei ruspe gialle, impegnate quotidianamente a scavare da una parte e riempire da un'altra, punteggiavano la base del pendio e la riva, estraendo di tanto in tanto macigni scabrosi tra nuvole di sabbia gialla che si alzavano nel fragore più assordante nascondendo l'orizzonte.

Un centro direzionale provvisorio era stato allestito su un'altura che godeva di un panorama meraviglioso. Il pianoterra era occupato dalla direzione dei lavori, mentre al primo piano c'erano degli uffici e una sala riunioni. Quando sul posto arrivò l'intera seconda generazione della famiglia Mada con mogli e figli, dietro le finestre del primo piano fu tutto un pullulare di gente, mentre sulla terrazza sopra l'edificio risuonavano allegre le risate dei bambini che giocavano a rincorrersi.

Con in testa un cappello estivo facevo la spola da una parte all'altra del cantiere sul pendio, che era ancora protetto da una rete.

La primavera si manifestava con macchie di arbusti verde smeraldo e ciuffi di ibisco di montagna e alberi di ailanto anatrino che coprivano i crinali, mentre i canaletti di drenaggio avevano bordi di azalee rosse e bianche in piena fioritura. In lontananza le gru sollevavano, per trapiantarli, dei faggi maturi le cui chiome, scosse dai cavi d'acciaio, perdevano foglie e rami secchi.

Quando le macchine tacevano per un po', dalle finestre del centro mi arrivavano gli echi di accanite discussioni con tanto di pugni battuti sul tavolo.

I bambini venivano richiamati all'interno e qualcuno della famiglia Mada chiudeva le finestre: a quel punto le urla furenti si smorzavano come se chi le pronunciava si fosse messo la mano davanti alla bocca per soffocare la rabbia. Poi il vociare veniva di nuovo sommerso non appena le gru ricominciavano ad alzarsi e le ruspe a scavare in un altro punto della collina.

Erano otto, i fratelli della seconda generazione della Mada, e a parte due medici e un imprenditore del settore tecnologico, gli altri si spartivano la gestione dell'impresa familiare. Il mio capo era il più giovane e il più debole, probabilmente perché figlio di terzo letto. Il fatto che gestisse il settore immobiliare del gruppo, e dunque questo progetto su larga scala, non li lasciava dormire sonni tranquilli e perciò lo tartassavano di domande.

Una fazione dubitava della sua capacità e proponeva di vendere a terzi tutti e trenta gli ettari di terreno.

Un'altra fazione, invece, assolutamente contraria a cedere a estranei la proprietà di famiglia, suggeriva di cercare sul mercato un costruttore edile di fama con cui collaborare su quel progetto.

Il mio capo uscì livido da quella riunione. Alto, scuro di carnagione e con un viso che mostrava più anni di quelli che aveva, tra gli otto fratelli sembrava un generale sconfitto da un destino avverso. Salì lungo il pendio e fece una pisciata rivolto a valle, poi, dopo che ebbe visto le macchine dei fratelli allontanarsi, si accese una sigaretta aspirando il fumo fin nei polmoni per buttarlo fuori insieme alla sua frustrazione.

Mi chiese se fossi pronto e io risposi di sì; avevo già cambiato le scarpe da ginnastica con quelle di pelle.

Arrivò l'autista alla guida di un SUV e, dopo che ci fummo accomodati dietro, tirai fuori, da sotto il sedile, una borsa di tela e la aprii perché lui desse un'altra occhiata: quelle banconote, tante da far schizzare gli occhi fuori dalla testa, erano ancora tutte lì, buone e tranquille. Forse il mio capo era ormai indifferente a quel genere di cose, ma per me era la prima volta e anche se amavo i soldi, vederne troppi tutti insieme mi innervosiva. Di solito aprono tutte le porte, ma allora mi sembravano solo merce di contrabbando da tenere ben nascosta.

L'auto si fermò davanti a una casa da tè di Xindian, ma il nostro interlocutore non era ancora arrivato. Ci sedemmo a tavoli diversi, ordinando addirittura bevande diverse. Ero io responsabile della borsa di tela, che tenevo sotto la sedia tra le caviglie mentre sorseggiavo un tè allo zenzero, bollente, controllando di continuo il viavai dietro la vetrina. Appena raggiunto l'accordo, il capo mi avrebbe fatto un segnale con gli occhi e io avrei dovuto seguire fuori dal locale l'interlocutore e infilare la borsa nel suo bagagliaio.

Durante quella lunga attesa il capo guardava in silenzio la porta deserta, finché non si trattenne più e parlandomi di spalle, come tra spie, mi disse: «Non fanno altro che sbraitare che vogliono vendere la terra e intascarsi i soldi, quei figli di puttana, ma non si rendono conto di quanti rischi corro ogni giorno per questa cosa?»

Non ero abituato a parlare con qualcuno senza guardarlo in faccia, perciò continuai a sorseggiare il tè in silenzio.

«Adesso hai capito perché ti ho chiesto di venire con me a Taipei?»

«Sin-ce-ri-tà» sillabai.

Dieci minuti dopo, comparve finalmente il tizio. Cercando di non guardarlo in faccia, vidi solo una giacca a vento entrare nel locale come un'ombra. Sincerità. Mi concentrai sulla canzone di Jody Chiang che risuonava nella casa da tè per evitare di ascoltare il bisbiglio dei due accanto a me. Quando finì la canzone, cominciai a pensare a Qiuzi che prendeva il sole nel parco dei bambini, o che telefonava ai suoi conoscenti per chiedere come si usasse la reflex che aveva vinto alla lotteria.

Finalmente quel giorno portai a termine la mia missione. Sentii soltanto che erano sorti problemi idrogeologici sulla collina e che il muro di contenimento sul lato nord aveva qualche crepa. La valutazione dell'impatto ambientale, quindi, era ancora in corso, e per ottenere tutte le licenze ci voleva ancora un po' di tempo. Non volevo sapere niente delle altre faccende, per esempio quanto e chi pagare per superare qualche intoppo burocratico. Speravo di non essere venuto a Taipei solo per quello.

Il mio capo sembrava al settimo cielo, apparentemente soddisfatto delle risposte del suo interlocutore. Dopo un paio di telefonate, il SUV si fermò all'ingresso di un alberghetto.

Lui mandò via l'autista con una scusa e mi fece salire in ascensore. Nel vestibolo al piano superiore c'era un salotto deserto dalle cui finestre si vedeva calare il crepuscolo. Sul tavolino due lampade accese; non si capiva se fosse giorno o notte.

«Rilassati, ne chiamo un po' così hai più scelta».

Mi stavo ancora chiedendo cosa volesse dire quando nella stanza entrò una donna di mezza età seguita da una fila di gambe lunghissime e un biancheggiare di ginocchia scoperte, una visione da sogno che mi fece abbassare lo sguardo sul tappeto rosso e fissare inebetito le scarpe rosse e bianche che lo calpestavano.

La donna cominciò a chiacchierare con il capo in tono molto confidenziale, come fossero vicini di casa. Poi gli si avvicinò per sussurrargli qualcosa all'orecchio e gli diede uno spintone che lo fece balzare in piedi. Fatto qualche passo, lui cinse col braccio uno di quei vitini di vespa e mentre si avviava verso l'ascensore si voltò per dirmi: «Sono tutte carine, hai fatto bene a venire oggi».

Scappai nella lobby al piano di sotto, ad aspettarlo. Il cuore mi batteva a un ritmo convulso, forse perché quelle ragazze erano troppo belle o forse, visto che non mi ero mai trovato in una situazione del genere, perché il pensiero di dovermi adattare era più forte della paura. O forse ancora fu perché pensavo che non avrei mai fatto cose simili in vita mia, e quindi... un po' mi dispiaceva lasciar perdere. Non so dire che cosa mi frullasse per la testa, ma di certo bastava a mandarmi su di giri.

Mi stavo crogiolando nel sogno appena vissuto, quando con stupore vidi uscire dall'ascensore la ragazza con la vita sottile, oltre a un notevole fondoschiena. Andò verso l'uscita, esitò, quindi tornò indietro per sedersi sul divano accanto a me e si mise in bocca qualcosa che aveva tirato fuori da un sacchetto. Mentre tenevo d'occhio l'ascensore, lei mi porse il sacchetto: «È carne secca, mangiane un po', giusto per non annoiarti mentre lo aspetti».

«Perché non è sceso con te?»
«Non si parla male dei clienti».
«Allora… lo aspetti anche tu?»
«Perché dovrei aspettarlo? È stato velocissimo, tanto che mi tocca attendere la macchina».
Quella carne secca era così piccante da farmi lacrimare. Smisi di masticare ma la tenni in bocca lo stesso…

2.

Qiuzi aveva l'abitudine di tenere il pigiama a portata di mano sulla testata del letto, così da poter sempre prenderne un lembo per coprirsi il petto. Non le importava mostrarsi nuda, ma non voleva assolutamente che vedessi la cicatrice sotto il seno sinistro. Un piccolo gesto che mostra quanto una donna possa tenere alla propria purezza, anche dopo il matrimonio. Eppure la sua era una cicatrice piccolissima, lunga neanche mezzo palmo di mano, giusto una minuscola increspatura della pelle, in rilievo, non piatta e liscia come le voglie congenite.

Ma era soprattutto un'increspatura dell'anima. Quando vedevo che la copriva, pensavo lo facesse per un vezzo sciocco o perché mi amava troppo. Perciò la prendevo tra le braccia e la stringevo forte, cicatrice inclusa, fino a farle sfuggire un urlo soffocato perché non riusciva più a respirare. Per me il suo corpo non era soltanto parte di lei come donna, lo consideravo quasi come un secondo me stesso, eravamo ormai uniti in un unico essere, inseparabili, senza spazi segreti.

Lei forse non capiva questa mia sensazione, o magari sì ma non riusciva ad accettare la propria imperfezione, così che nei momenti d'intimità mostrava solo le parti di sé che riteneva migliori.

La prima sera che tornai da Taipei Quizi, timida e riservata come se quella fosse la prima notte di nozze, non si scollò il pigiama di dosso. Alla luce fioca dell'unica lampada della stanza, la minuscola cicatrice sembrava proprio un occhio solitario che lei teneva coperto.

Ma per quanto lo nascondesse, ogni tanto riuscivo a intravederlo, per esempio nell'istante in cui Qiuzi si girava nel letto e lui faceva capolino tra i bottoni del pigiama, fissandomi solitario, colmo di tristezza accumulata per anni. Rispettavo la volontà di Qiuzi ma nello stesso tempo desideravo sbirciarlo, quell'occhio, e nel farlo mi sentivo dolorosamente sdoppiato: metà di me amava teneramente Qiuzi, l'altra era in qualche modo invaghita di quell'occhio. Sembrava che a letto con me ci fossero due Qiuzi, una che mi guardava di soppiatto, l'altra che mi stringeva forte al petto.

Poi anche Qiuzi cominciava a fremere e i suoi occhi si appannavano nell'estasi, perché per quanto timida e riservata anche lei viveva momenti in cui perdeva il controllo e non riusciva a nascondere tutto. Sotto la stoffa sottile del pigiama un piccolo campo fertile era rimasto a lungo senz'acqua, e una notte di primavera un'insolita Qiuzi tentò in tutti i modi di salire sopra di me, ma io la dominai, con una forza animalesca che non sapevo di avere.

Nel cuore della notte ci alzammo per farci un tè e lei mi raccontò tutte le ansie della settimana: come trascorresse i pomeriggi dopo le mattinate dal fiorista, i tramonti e le lunghissime serate in cui non le rimaneva altro che guardare la TV, persa nei suoi pensieri, fingendo che io fossi al suo fianco, finché pian piano s'addormentava sulla sedia, per svegliarsi in piena notte e andare finalmente in camera ad aspettare che facesse giorno.

«Tu invece chissà come ti diverti in montagna».

«Quando ho visto i bambù ho pensato ai tuoi germogli Meng Zong. Ho spostato con cautela le foglie per guardare le linee del terreno. Hai detto che i germogli respirano nella terra, ma io non li ho sentiti, sentivo solo il mio, di respiro».

«Stupido, i germogli Meng Zong ci sono solo a casa mia!»

«Ho visto tante piccole punte far capolino dal terreno, ma non so se fossero germogli o bambù».

Lei si coprì la faccia con il braccio, ridendo. Mi chiese poi se, oltre ai bambù, in montagna avessi visto qualcos'altro di interessante.

Come facevo a descriverle tutta la montagna se l'avevo fatta ridere soltanto accennando ai bambù? Tralasciai le questioni legate all'edificazione della zona e le parlai invece dello scatenato piano di riforestazione che nel giro di una decina d'anni avrebbe portato alla creazione di un bosco di aceri e alla fioritura perenne delle azalee, mentre le chiome a ombrello dei cedri di Giava avrebbero ben presto coperto tutti i sentieri. In estate sarebbe stato bello passeggiare sotto la loro ombra.

«Io dormo nel centro direzionale e qualche giorno fa li ho sentiti litigare per i soldi».

«Anche loro hanno le loro preoccupazioni, allora».

«Meno di altri: i litigi tra poveri sono persino peggio!»

«Eh sì. E alla fine lui ha avuto la meglio?»

Alla fine, alla fine... le dissi che il mio capo in gioventù era stato un giocatore di baseball per cui era difficile fargli ammettere la sconfitta anche quando stava perdendo sette a uno.

Ma l'epilogo della storia, quello in cui al tramonto mi ero ritrovato con accanto una ragazza che mi offriva della carne secca non potei raccontarglielo...

«Adesso parlo io» disse lei.

«Parla fino a domattina, recupererò il sonno durante il viaggio di ritorno».

E così Qiuzi mi raccontò di aver mosso i primi passi nel campo della fotografia. Aveva chiesto un po' in giro a gente appassionata di foto e aveva comprato un manuale, finché degli amici le avevano consigliato di prendere qualche lezione per imparare più in fretta. Giusto il giorno precedente aveva cominciato il corso.

«E poi è gratis, una volta alla settimana».

Andò a prendere la macchina fotografica, cullandola come fosse un neonato, addirittura parlandole.

«Hai già scattato qualche foto?»

«Non ancora! Non oso, la prima sarà senz'altro orrenda. Però durante la lezione ho alzato la mano e ho chiesto se, per una principiante come me, fosse meglio cominciare da persone o paesaggi. Assurdo, mi guardavano tutti».

«Perché, non avrebbero dovuto?»

«Be', ma anche il maestro continuava a fissarmi, invece di rispondermi! Sono così stupida? Quando al ristorante illustravo il menu, i clienti mi guardavano insistentemente con la testa piegata di lato, aspettando che sorridessi».

«Quando si inizia qualcosa di nuovo si è sempre nervosi. Prendila con calma, in tutto c'è sempre una prima volta».

«Le stesse parole del maestro! Devo imparare a camminare lentamente, mi ha detto, per poter fare buone foto. Parole sante, che sanno di filosofia, ma si può fotografare anche dal treno in corsa, no?... Camminare adagio... *mmm!* Tu non parli mai dei miei difetti, ma pensi che dovrei cambiare? Camminare più adagio, parlare più lentamente...»

«Hai mai visto un passero rallentare il volo all'improvviso e planare come fosse un'aquila?»

Assurdo... Fece spallucce lanciandomi un'occhiata sprezzante, ma era arrossita.

Un mese dopo partecipò a una gita con altri fotografi. Si fermarono in una cittadina costiera, dove, nel giardino di un'antica dimora di proprietà del maestro, c'era un grande ciliegio, che a quanto si diceva era una meraviglia unica al mondo. In una delle foto si vedeva il gruppo di studenti ammassati sotto l'albero in piena fioritura: Qiuzi indossava abiti leggeri ma quel giorno doveva fare ancora freddo e lei, tremante in seconda fila, appariva desolatamente sola.

Dopo aver visto la foto le proposi di andare a comprare qualche vestito.

Lei ribatté che era ora di metterli via, gli abiti invernali, ormai non faceva più freddo.

«Ma non mi chiedi niente? Non vuoi vedere i miei primi lavori?»

«Ah! Non pensavo che ti fossi lanciata! Dicevi che avevi paura di fare una cosa orrenda».

Evidentemente ansiosa di sentire il mio parere, corse a prendere le foto nascoste in un cassetto.

La prima volta che vidi quel ciliegio fu nelle foto di Qiuzi e ne fui piacevolmente colpito. Guardai nel dettaglio: l'albero doveva essere una specie rara di *Cerasus yedoensis*, con i fiori dai petali rosa e un alone rosso al centro che li faceva sembrare un ibrido tra fiori di ciliegio e di pesco.

Ma, a essere sinceri, i fiori erano troppo in evidenza, forse perché Qiuzi era rimasta all'interno del muro che circondava la casa, dunque troppo vicina per riuscire a inquadrare anche i bei rami vigorosi dell'albero che si estendevano oltre il muro e che nella sua foto, invece, sparivano dai bordi.

3.

Con un livellamento su larga scala l'area venne completamente spianata e il profilo frastagliato delle colline si trasformò in un'ampia area pianeggiante. Alberi e alberelli furono sradicati e restarono, qua e là, solo quelli autoctoni con le radici profonde, all'ombra dei quali s'incrociavano fasce di un verde lussureggiante. I tubi che correvano sottoterra ai piedi del pendio furono collegati al laghetto formato da una sorgente d'acqua, dove alcune anatre selvatiche nuotavano tra i fiori di loto.

Per garantire la riuscita del progetto, il mio capo aveva chiamato per un sopralluogo alcune delle agenzie immobiliari più importanti del paese. Una fece una valutazione di mercato basata soprattutto sul progetto architettonico, un'altra propose qualche modifica e l'agenzia più audace arrivò a suggerire di gonfiare i prezzi di vendita e portare il costo di ogni unità a un centinaio di milioni, addirittura trecento, per quello che si poteva definire il re di tutti gli edifici, quello che sovrastava l'area dall'alto della collina.

I membri della famiglia, che dalla prima riunione si erano lasciati in termini non propriamente sereni, ora, sentiti i rapporti degli esperti, erano tornati in armonia, eccetto l'ottantacinquenne patriarca che raffreddò l'entusiasmo generale. Per fortuna, lui che era venuto appositamente sul posto si oppose all'aumento scriteriato dei prezzi: «Non è il momento, usate la testa! Il prezzo giusto è solo quello con cui si riesce a vendere!»

Il figlio più vecchio ribatté: «Pagano loro la pubblicità, non saranno così stupidi da volersi fregare da soli!»

Il quarto, che alla riunione precedente aveva sostenuto la vendita della proprietà, disse: «Meglio uno sconto del trenta che vendere la terra. Io ci sto».

Fuori sventolava un mare di bandiere. La società di pubbliche relazioni che avevamo ingaggiato il mese precedente si era già mossa e aveva infilato la notizia nei telegiornali di vari canali televisivi. Il mio capo, tiratissimo in un completo Armani con farfallino color oro sul colletto immacolato della camicia, il tutto comprato poco prima della registrazione, piazzato nell'atrio ancora in costruzione teneva banco coi suoi sogni di gioventù: «Se ho sempre lavorato senza risparmiarmi è per poter un giorno ritirarmi quassù nei boschi. Oggi un imprenditore di successo sa bene quanto sia importante la vita sana, e appena può, viene a farsi una passeggiata in montagna. Ma non basta, bisogna venirci ad abitare…»

Sentii dire che avevano ripetuto la scena sei volte e al momento di girare l'ultima la segretaria si era accorta che all'angolo destro della bocca del capo erano rimasti incollati dei pezzettini di betel.

Era finita la primavera e il programma dei lavori si faceva sempre più serrato, ma il clan Mada stava ancora discutendo la scelta dell'agenzia immobiliare. Finalmente dopo una prima scrematura ne erano rimaste in lizza solo due e a quel punto la famiglia si riunì di nuovo. Per evitare le solite faide tra i tre rami della casa, il sesto fratello, venuto addirittura da un grande tempio di Gaoxiong, propose: «Optiamo per lo scrutinio segreto, così nessuno avrà niente da ridire».

«D'accordo, altrimenti se facciamo per alzata di mano si scatena il putiferio» lo sostenne non so quale degli altri fratelli.

Al piano di sotto era già arrivato l'ordine di preparare i bussolotti per la votazione, quando gli otto si resero conto di essere in numero pari.

«In questa famiglia ci ritroviamo sempre con un membro di troppo» commentò il manager tecnologico. Qualcuno gli lanciò un'occhiata, poi calò il silenzio. Fuori le bandiere continuavano a sventolare, mentre le nubi andavano addensandosi pian piano, oscurando il cielo. Proiettai le immagini sulla parete.

Agenzia A: dati sulla crescita negli anni, sulla crescita dell'anno passato, ultimo progetto significativo, tasso di vendite generale, valutazioni sul mercato.

Agenzia B: risultati negli anni, risultati dell'anno scorso, ultimo progetto...

Ero arrivato solo a metà della presentazione quando all'improvviso una voce m'interruppe: «Tu! Ma certo, proprio tu potresti essere il nono voto. Cosa ne dite? L'ottavo fratello si sta facendo in quattro senza ricavarne niente, perciò io proporrei di smetterla con le discussioni e di regalargli un voto d'incoraggiamento».

L'ottavo fratello, il mio capo, non si scompose, limitandosi a emettere una specie di grugnito. Sapevo che puntava all'agenzia A, quella che voleva sparare i prezzi più alti e arrivare a cinquecento milioni in più solo per le vendite del primo periodo.

Era un gioco d'azzardo bell'e buono, e quella fu la prima volta che mi resi conto della differenza tra la ricchezza e i soldi. La ricchezza è una cosa astratta che accumuli speculando, mentre i soldi sono concreti e puoi tenerli in mano e contarli uno a uno. Sentii un brivido freddo lungo la schiena: quel nono voto faceva paura, diventava una questione di vita o di morte rispetto a un ipotetico quattro a quattro, e quell'enorme responsabilità stava cadendo su di me, il più misero dei tapini. Era come incoronare un pidocchio.

Il problema era che a me l'agenzia A non piaceva. Avevo sentito dire che erano maestri nel truccare, si mettevano d'accordo con i media e facevano il bello e il cattivo tempo riuscendo infine a gonfiare i prezzi a tal punto che diventava impossibile comprare secondo il vero valore di mercato.

Prima dell'inizio della votazione vidi che il mio capo mi guardava di sottecchi. Erano due giorni che non dormiva, ma nonostante i nuovi attacchi di gotta a mezzogiorno si era trascinato zoppicando sulla collina. Dovevo aiutarlo, era arrivato il momento di dimostrargli la mia sincerità. La calma assoluta del suo sguardo era il segno che si fidava di me, che con la lealtà del mio nono voto gli avrei garantito subito, dopo tante tribolazioni, quello che voleva.

Sincerità. Mi piaceva questa parola, era pura come "amore", non ammetteva dubbi. Quando diedi con sincerità il mio nono voto, fuori calava la sera, tra stormi di uccelli che tornavano cinguettando al nido.

L'esito fu un incredibile cinque a quattro che mise fuori gioco l'agenzia A.

Nella sala si sollevò il clamore delle tante voci sorprese, ma alla fine non restò che prendere atto del risultato.

Dopo che i sette fratelli partirono ognuno sulla propria auto, il mio capo si trascinò di nuovo su quell'angolo di roccia per pisciare, ma stavolta vi rimase a lungo, forse fissando il profilo indistinto delle montagne lontane. Visto da dietro, con un piede davanti all'altro in posizione precaria, sembrava solo e desolato come un alberello storto.

Insieme scendemmo in un ristorante a valle a mangiare uno stufato di montone. Le porzioni erano piccole ma erano anche le ultime, perché, ci spiegò il proprietario, con il cambio di stagione avrebbero cambiato anche il menu. Era una sera un po' afosa di tarda primavera, ma per via della gotta il mio capo decise di non bere birra e ordinare invece una bottiglia di liquore alle erbe medicinali. Dopo un paio di sorsi aveva già le tempie in fiamme e io ero sulle spine, in attesa di un terzo interrogatorio.

Sorseggiavo la zuppa, cercando di pensare a come avrei risposto nel caso se la fosse presa con me. Invece lui si concentrò sul cibo, forse per gustare a fondo quell'ultimo montone, impegnandosi a spolpare un osso così voluminoso che gli scivolò nella ciotola spruzzando zuppa tutt'intorno.

Quando arrivammo a Taipei, sul SUV che guidavo io, lui prese il cellulare e fece una telefonata. All'altro capo c'era di nuovo quella donna.

«Sì, conosco il parco. Quante sono? D'accordo, vengo a dare un'occhiata».

Girammo un bel po' per arrivare al Parco Yitong. Alla luce fioca dei lampioni scorgemmo alcune ragazze assiepate sotto un padiglione per ripararsi dalla pioggerellina primaverile. Lui mi ordinò di fermarmi, ma, senza aprire la portiera, osservò dal finestrino i loro volti e commentò con aria depressa: «Avranno l'età di mia figlia, che fa il liceo in America».

Riprese il cellulare e cominciò a inveire. «Non se ne fa niente» disse.

Tornammo per la strada da cui eravamo venuti e ci dirigemmo verso via Jilin, dove c'era un albergo privato della famiglia. «È tardi, perché non ti fermi, domani mattina ripartiamo presto».

«Sono abituato a dormire nel centro direzionale e svegliarmi col canto degli uccelli».

«E le abitudini non si discutono. So che sei un tipo strano, ma tra quelle ce n'era una davvero piccante, bastava guardarle le cosce e sapevi che sotto non indossava niente. Ma il sesso non ti interessa proprio? Come vivrai la tua vita?

E non dirmi che vivi come un monaco quando sei lontano da tua moglie!»

«Magari la prossima volta».

«Per gli uomini, andare a puttane è un modo per fraternizzare».

Detto questo, scese dall'auto. Era chiaro che la questione della votazione continuava a pesargli, ma stranamente non ne aveva parlato. La strada del ritorno era vuota e silenziosa, e anche lassù in collina percepii un silenzio quasi irreale. Telefonai a Qiuzi, che mi disse di aver riempito il salotto di fiori, tutti quelli che non erano stati venduti in negozio. Naturalmente le rose la facevano da padrone, ma c'era anche qualche ramo di magnolia con i fiori ancora in bocciolo, bianchi e rosa: «Li ho messi in vaso sulla tua scrivania, senti il profumo? Dai, scherzo, le magnolie non hanno profumo...»

Io sentivo invece il profumo delle tuberose, finalmente in fiore. Entrava a ondate dalla finestra sul retro del centro direzionale ed era un odore intenso di cosmetici, che penetrava nel naso con una tale forza che mi sembrava di avere la faccia immersa nei fiori.

Mia madre ne aveva piantate un po', prima dell'incidente. Appena sbocciavano le recideva e le distribuiva per tutta la casa. Quel profumo mi era rimasto impresso sin da quando avevo cinque anni.

Non pensavo spesso a lei: quand'ero triste facevo di tutto per evitarlo e di lei preferivo dimenticarmi ancor più quand'ero di buon umore. Solo se mi trovavo davanti al vuoto, come ora con quel profumo improvviso di tuberose e lo sconforto di non poter vedere Qiuzi, scivolavo in un mondo di tenebre, nel quale mi appariva il volto di mia madre. Era indistinto, a volte sfigurato dalle ferite dell'incidente, altre, se ero fortunato, sorridente mentre sistemava le tuberose nei vasi.

In questo stato d'animo faticavo a prendere sonno. Mi sembrava di essere lì, solo, sdraiato in cima alla montagna quando gli insetti si risvegliano dall'inverno e le loro voci, insieme al gracidio delle rane, mi assalivano insieme, a ondate, tra le tuberose da cui ero circondato.

Evidentemente la faccenda della votazione pesava anche a me.

Il capo non mi aveva chiesto per chi avessi votato ma io non riuscivo a dormire.

4.

Forte dei suoi cinque voti, il giorno seguente l'agenzia B venne a firmare il contratto. Con l'occasione le fu ceduta anche la sala della reception non ancora completata. I lavori cominciarono a procedere a una velocità raddoppiata, così come l'organizzazione delle vendite. Nel giro di pochi giorni furono installate le impalcature per i tabelloni pubblicitari, sia alla base della montagna che in cima, mentre le due vetture noleggiate per ricevere i potenziali acquirenti andavano e venivano, a volte cariche anche di gitanti che si fermavano a riposare e a bere tè nel chiosco a metà montagna.

Chi altri, se non noi?

Questo lo slogan che, per sondare l'opinione pubblica prima di lanciare il progetto, era stato inserito negli spot televisivi e sui giornali, stampato sui teloni dei camion e sui cartelloni lungo la strada. Si puntava tutto sul suo messaggio accattivante ma allo stesso tempo arrogante: solo noi siamo in grado di offrirti tutto questo. Il concetto era ben studiato, perché appassionava aggiungendo un tocco di esclusività quasi minacciosa ma, per quanto ne sapevo, pensavo che se da un lato avrebbe colpito nel segno la fascia dei ricchi, andando a toccare il punto vulnerabile della loro solitudine, dall'altro avrebbe inavvertitamente ferito persone che preferivano toni più pacati.

I caratteri dello slogan apparivano in diversi formati a seconda dei mezzi di propaganda. A volte *ta-ta-ta-ta*, balzavano bianchi sullo sfondo nero dello schermo TV come una raffica di mitragliatrice, altre volte te li ritrovavi stampati sui pacchetti di fazzoletti, ma soprattutto troneggiavano sui cartelloni delle gigantesche impalcature di bambù che dominavano la valle, contro cui ogni giorno qualche uccellino appena uscito dal nido sbatteva fatalmente mentre imparava a volare.

Mentre la campagna pubblicitaria ufficiale era ancora in preparazione, l'agenzia fissò un periodo di quaranta giorni per le prevendite e così la zona fu invasa dai visitatori. All'ora del tè pomeridiano, l'area era punteggiata di ombrelloni e dal chiosco immerso nel bosco in quei giorni di maggio arrivava l'aroma del caffè. Era stato addirittura arruolato part-time un cuoco di un ristorante a cinque stelle che preparasse rotolini alla panna con tè alle rose e banane coltivate in loco, fritte e caramellate in padella.

Ogni pomeriggio il mio capo si sedeva sotto un albero dei rosari appena trapiantato. Niente dolci alla banana, troppo zuccherati per lui che si consolava quindi col caffè Mandheling. Dopo un paio di tazze prendeva annoiato il binocolo per controllare come procedevano i lavori della reception o individuare i visitatori, seguendoli per vedere se scendevano subito a valle o tiravano fuori i soldi.

Un mese dopo, il suo binocolo cominciò a puntare verso il cielo finalmente privo di pioggia e a osservare nei minimi particolari persino le scie bianche lasciate dagli aerei di passaggio.

Mi chiese come andassero le cose: «Non abbiamo ancora venduto niente, vero?»

Gli suggerii di puntare il binocolo sulla scarpata a sud: era là sotto che doveva guardare e preoccuparsi di quel muro di contenimento.

La stagione delle piogge del mese precedente l'aveva già sfondato una volta ed era stato rinforzato con delle palizzate e una doppia colata di cemento. Ora era tre metri più alto e benché queste misure di emergenza fossero state prese tempestivamente e con competenza, la vista di quel muro imponente spaventava ancora di più i clienti, preoccupati che un giorno avrebbe potuto cedere di nuovo.

Gli consigliai di lasciar perdere lo sviluppo dell'area meridionale, se non voleva che trascinasse a valle la montagna.

«Non sai quanto è solido adesso, neppure dieci camion riuscirebbero a buttarlo giù» mi rispose.

A me che dormivo ogni sera nel centro direzionale la situazione era chiarissima, perché dalla finestra posteriore vedevo un pendio incombente sul muro, che di giorno appariva come un magnifico tappeto d'erba verde. Ma una notte fui svegliato di colpo da un gran cinguettare, come se qualcuno si fosse infilato di soppiatto tra gli alberi. Alle strida degli uccelli seguì un mormorio spezzato, che mi fece pensare a una banda di ladri che parlassero sottovoce. Quando le voci tacquero il pendio cominciò a scivolare, rovesciandosi come la sabbia di una clessidra gigante. Una colata di fango misto a pietre scorreva rovinosamente verso il basso e l'indistruttibile muro di contenimento finì con un boato nel torrente nero sottostante.

«Ho sentito che i nostri concorrenti ci stanno già attaccando, dicono che replicheremo la tragedia dei palazzi Lincoln[3]».

«Figli di puttana, trovameli!»

Dileguatisi tutti i visitatori, il mio capo tornò a puntare il binocolo in cielo, dove non volava più neppure un uccello.

Passarono altri dieci giorni e la campagna pubblicitaria fu finalmente lanciata su larga scala. Dopo tre giorni di paginoni su tutti i giornali, cominciò ad arrivare qualche turista in cerca di frescura. Il mio capo non riusciva più a star

3. Incidente avvenuto il 18 agosto 1997, quando, a seguito di un tifone, crollò il muro di contenimento in un'area edificata su una struttura geologica simile a quella qui descritta nel romanzo. L'incidente causò 28 morti e distrusse più di cento abitazioni. (*N.d.T.*)

seduto e salì sul giardino pensile della terrazza, dove due delle sue assistenti gli installarono un ombrellone trovato in magazzino, così da arginare con l'ombra la sua agitazione. Lui ne fermò una, Xiao Wan, chiedendole se i visitatori fossero molti. Lei rispose di sì. «Quanti sarebbero molti? E all'ufficio vendite c'è qualcuno che applaude?»

Xiao Wan scosse la testa: «Piacerebbe anche a noi applaudire, signor presidente».

«E allora corri ad applaudire e di' a tutti di non venire su da me finché non si sono spellati le mani».

In montagna il sole tramonta presto e quando, verso il crepuscolo, i visitatori sparirono uno dopo l'altro, il capo finalmente scese in sala. Camminava avanti e indietro con le mani dietro la schiena, poi si fermò davanti a un'impiegata: «Dimmi le tue impressioni sulla giornata di oggi».

«Sarei più ottimista se i visitatori fossero stati di un'altra fascia sociale».

Andò allora da un impiegato: «Non ripetere quello che ha detto lei».

«Si lamentavano dei prezzi troppo alti, non si fermavano neppure ad ascoltare la mia presentazione».

Si fermò infine davanti al direttore del progetto e dopo averlo guardato a lungo gli disse in un tono improvvisamente malinconico: «Quando avevo la tua età e vivevo da solo in America, un giorno in metropolitana un nero mi puntò contro un coltello sputando una serie di frasi nel suo gergo da nero. Roba del tipo caccia la grana o ti sbudello, ma io con due colpi rapidi gli spezzai il polso. Vuoi sapere come ho fatto? Se anche avessi avuto la pistola non avrei fatto in tempo a estrarla e non mi ero mai allenato nelle arti marziali. Se devo essere sincero, me la stavo facendo sotto, ma mi misi semplicemente a ridere, a ridere come un matto fino alle lacrime e il tipo pensò che avessi scoperto un suo punto debole. Rimase impietrito e in quell'attimo di distrazione lo misi KO».

Non rise nessuno.

«Vedi, tu con questa tua aria abbattuta mi ricordi proprio quel nero».

«Certo, presidente, ho capito cosa vuole dirmi».

«Quando siete venuti qui per i sopralluoghi eravate tutti spavaldi, ma adesso devi tornare dal tuo capo e dirgli di cambiare strategia: il coltello bisogna impugnarlo bene, non lasciarselo cadere al primo colpo».

L'improvvisa apparizione di quel nero nel discorso mi spaventò. Ne aveva parlato con una serietà così solenne che sembrava tutto vero, come quando partecipava alle cerimonie per i defunti. Mi ricordava un *ronin* che avesse girato per tutti gli angoli della terra dicendo quel che voleva, facendo sembrare logico anche ciò che non lo era. Nel suo cuore doveva esserci una crepa, misteriosa anche per me, e sapevo che se l'avesse riempita non sarebbe più stato lui.

Quando tornai da Qiuzi, testai con lei la storiella della metropolitana, ma neppure lei rise.

«Poveretto, quel nero, si sarà chiesto anche in ospedale perché mai il tuo capo ridesse!»

E circa un mese dopo, quel mio capo che non riusciva a far ridere neppure Qiuzi strinse un nuovo accordo con l'agenzia di vendite: tutta la pubblicità fu temporaneamente sospesa e rimasero solo due membri dello staff per sistemare le cose. Le bandiere lungo il pendio furono tolte. Le giornate di metà estate si trascinavano sotto i cocenti raggi del sole, tra il cinguettio degli uccelli selvatici che si erano impadroniti delle impalcature di bambù per la pubblicità, non ancora rimosse.

La sera in cui l'attività di marketing fu formalmente sospesa, il capo mandò qualcuno a comprare della birra a valle e si sdraiò in un'ampia area erbosa del pendio. Quando lo trovai aveva già interrotto il suo periodo di astinenza. Si stava scolando la terza lattina di birra e i suoi poveri piedi malconci giacevano ignorati sopra le ciabatte. Nel cielo splendeva una miriade di stelle, ma lui aveva gli occhi chiusi e tra le dita una sigaretta ormai consumata. Evidentemente era lì sdraiato da molto tempo, immobile. Quell'implacabile campagna pubblicitaria aveva decretato la sua sconfitta, una sconfitta disastrosa. Gli altri sette fratelli avevano mandato degli emissari a controllare quotidianamente la situazione, ma lui non si era mai fatto trovare neanche per un saluto; le notizie che riportavano a casa non potevano che essere sempre più negative.

Non passò molto tempo che anch'io avevo tracannato la seconda lattina di birra. Il luccichio delle stelle era così intenso da confondermi. Oramai erano quasi quattro anni che lavoravo per lui e ora, mentre ero lì sdraiato insieme a lui sulle colline vicino al fiume Xindai, mi chiedevo se dovessi celebrare il mio arrivo in paradiso o prepararmi a lasciare al più presto l'inferno di quel posto dimenticato da dio.

Non mi aspettavo che tirasse fuori l'argomento proprio in quel momento: «So che il tuo voto voleva essere un avvertimento per me».

Che cosa dovevo rispondere? Perlomeno fu l'occasione per dirgli che, in fondo, il risultato era stato un quattro a quattro, il che voleva dire che aveva ottenuto il sostegno silenzioso di quattro dei suoi fratelli i quali, per aiutarlo, avevano votato l'agenzia B con i prezzi più bassi.

Ormai brillo, ruttò fragorosamente poi, di punto in bianco, tirò fuori un nome: Pavarotti.

«Hai mai sentito che acuti? Nove do di petto consecutivi! A tutti i suoi concerti, era il momento che più aspettavo e più temevo, che non vedevo l'ora di ascoltare ma non osavo, terrorizzato che non ce la facesse. Ma sentirlo mi ha sempre fatto star bene, come se cantasse quegli acuti per me. Il più grande rimpianto della vita è non portare a termine l'ultimo do».

«È da un pezzo, ormai, che vivo con quel rimpianto».

«Non ho finito, è di suo padre che volevo parlare. Ho sentito dire che anche lui aveva una bella voce, ma essendo molto timido ha preferito starsene nascosto e fare il fornaio per l'esercito. La voce è ereditaria, mentre, per fortuna, l'arte del panettiere no, altrimenti, immaginati un Pavarotti che non sa cantare ma sa solo fare il pane! Te lo vedi a impastare in un qualche ristorante italiano? Anche se avrebbe il fisico giusto: grosso e con quel barbone, sembra uno che ha mangiato tutto il pane che non è riuscito a vendere».

Pensai che fosse ubriaco.

«Non ti pare che io assomigli a suo padre?»

«In che senso?»

«Non vedi che sono timido come lui? Non dimenticare che sono figlio di terzo letto e quando avevo quei sette intorno, non osavo neanche scoreggiare. Non è tremendo? Forse il destino ha deciso che io mandi tutto a farsi fottere e vada a fare il panettiere».

«È proprio un peccato che il padre non abbia mandato tutto a farsi fottere per mettersi a cantare».

Felice che gli avessi risposto, si tirò su a sedere e mi disse: «Scendiamo a valle insieme?»

Scossi la testa. Quando l'autista si avvicinò per aiutarlo ad alzarsi, lui lo allontanò con uno spintone.

Sporse la testa dal finestrino posteriore dell'auto: «A questo punto, pensa tu a qualcosa che mi tiri fuori, altrimenti cosa faccio? Quest'affare è partito male fin dall'inizio e adesso a chi altro potrei mai rivolgermi? Non eri un creativo, tu? Fammi vedere dove cazzo sta la tua creatività, altrimenti potrei anche dire che mollare mia moglie in America è stato un atto creativo».

Nel buio feci un cenno di saluto all'autista, ma il mio capo si sporse di nuovo dal finestrino, facendomi segno di avvicinarmi. Fui investito da un farfugliare confuso trasportato dal suo alito caldo. Mi misi in ascolto pensando che volesse continuare a parlare dei do di petto, ma essendo troppo vicino alla sua bocca percepivo solo un fruscio. Finché riuscii a udirle, quelle parole magiche che di colpo mi fecero impazzire di gioia.

5.

Arrivai a casa quasi all'alba e raccontai tutto a Qiuzi.

Quando ripetei le parole che il capo mi aveva sussurrato, lei, come mi aspettavo, ne fu subito entusiasta, come del resto lo ero io.

«Oh cielo! Vuole darti tutta la montagna!»

«Sì! Vuole che gli prepari una proposta da esporre davanti a tutta la famiglia».

«Perché proprio tu?»

«Perché visto il fallimento della promozione commerciale, adesso spera nelle mie idee. In realtà sono io che conosco meglio di chiunque altro la topografia e la situazione geologica dell'area, e soprattutto sono molto coinvolto in questo progetto, perché amo moltissimo quella montagna».

Qiuzi alzò la mano per asciugarsi le lacrime che le scendevano lungo le guance. Non mi aspettavo che si emozionasse tanto, evidentemente non era più la Qiuzi di un tempo, sentire che suo marito era così stimato le provocava un afflato di tenerezza nei miei confronti. Forse perché non vivevamo sempre insieme in quel periodo? Oppure perché le nostre anime non erano mai state separate?

Sollevai un'altra questione.

«Il capo, in uno slancio di generosità, mi ha anche detto che se la mia proposta sarà presa in considerazione, nella riunione di famiglia si batterà per farmi entrare nella società. Con che quota partecipare lo decideremo noi, come sta a noi decidere se vogliamo dare una svolta alla nostra vita».

Qiuzi smise di piangere e tirando su col naso commentò: «Ma dove li troviamo i soldi?»

«Lo so, magari ne avessimo! Ma questo è un altro problema. Adesso, comunque, lasciamolo da parte, non siamo obbligati a investire. Raccontami tu, piuttosto: so che vuoi dirmi qualcosa, l'ho fiutato appena entrato in casa. Quando devi dirmi qualcosa, c'è sempre un profumo misterioso nell'aria».

Cercando di soffocare un sorriso, guardò di lato con aria furtivamente soddisfatta. Poi tirò fuori una pila di foto: «Non ridere» diceva, «non devi ridere di me», mentre me le metteva davanti una a una. Quindi abbassò la testa aspettando la mia reazione, evidentemente sperando in una lode incondizionata.

Aveva fotografato il vaso di rose sul tavolo, i bambini dei vicini, il negozio del fiorista pieno di gente, il parco vuoto: tutte istantanee dei luoghi che viveva da sola durante le mie assenze. La macchina fotografica non l'aveva spinta ad avventurarsi in posti nuovi, anzi, la sua lente rivelava spietatamente quanto fosse ristretto l'orizzonte della nostra vita.

Naturalmente dovevo dire qualcosa di carino, visto che lei era lì che aspettava tenendosi il mento con la mano e l'aria di poter attendere fino al mattino. «Oh Qiuzi» le dissi, «l'angolatura è perfetta, la composizione bellissima, la messa a fuoco impeccabile e sei riuscita anche a cogliere la poesia di quei boccioli...»

«Stupido, non sono tutte mie!»

«Non si vede nessuna differenza, il che dimostra che hai fatto grandi progressi!»

«Assurdo...» mormorò Qiuzi senza smettere di tirar fuori altre foto con scene prese dalla strada, probabilmente il vicolo sotto casa fotografato dalla finestra in una serata di pioggia, visto com'erano lustri i tettucci delle macchine parcheggiate, che riflettevano una luce fredda.

Per questo, quando mi disse che qualcuno ci aveva invitati a casa sua il giorno seguente, acconsentii all'istante.

Avevamo vissuto in un universo chiuso, io e lei, e ogni posto nuovo per noi era molto importante. Se non avessimo aperto i nostri orizzonti, come sarebbe stata in futuro la nostra vita? Era un'occasione soprattutto ora che eravamo così felici, che a lei si era aperto il mondo della fotografia, mentre io avevo messo piede su una montagna di speranze. Un tempismo perfetto: del resto quando il cielo decide di prendersi amorevolmente cura di una giovane coppia, niente succede per caso. Prima indaga per capirne i sogni, poi li realizza uno dopo l'altro.

E fu così che finalmente sentii questo nome sconosciuto: Luo Yiming.

All'inizio pensavo si trattasse di un punto panoramico, non avevo capito che fosse una persona, tanto meno così importante. Un nome che avrebbe cambiato profondamente le nostre vite, con la facilità con cui un fiume ingloba una goccia d'acqua.

Ma come avrei potuto, in quel momento, prevedere quel che sarebbe successo? Eravamo così felici che non ci fu il tempo di preoccuparcene. Gli articoli motivazionali non incitano forse a cogliere le occasioni come fossero decreti imperiali? Ed eccola, l'occasione che ci avrebbe fatto uscire dal nostro piccolo mondo, e noi eravamo pronti a coglierla.

«Il maestro di fotografia è lui e il ciliegio che ho fotografato è a casa sua».

«Mi ricordo, mi hai anche detto che insegna gratuitamente! Sono rare le persone come lui».

Certamente, nell'ambito della fotografia, l'apprezzamento iniziale del maestro Luo Yiming per gli esordi di Qiuzi fu sincero. Ma mi rendo anche conto che lei cercava la sua approvazione a causa mia: se anch'io, nel mio amore per lei, avessi espresso in qualche misura apprezzamento e approvazione, forse non avrebbe avuto quella smania di trovare conferme per la sua autostima.

Comunque la mattina del giorno seguente partimmo in scooter. Ero felicissimo, nel cuore solo gioia e gratitudine. Che qualcuno l'avesse invitata era qualcosa di più grande delle mie vuote parole d'amore, e feci di tutto per farla arrivare a destinazione il più in fretta possibile. Lei mi stava avvinghiata alla vita mentre lo scooter correva veloce nel vento. Era la prima volta in quattro anni di matrimonio che facevamo un viaggio così emozionante.

L'immagine che mi ero fatto del maestro Luo veniva dalle foto di quel ciliegio in fiore e dai particolari che Qiuzi mi aveva raccontato, per esempio come insegnava, com'erano i suoi occhi quando si fermavano su di lei, l'antica residenza dove abitava e il suo porticato di assi a incastro. In sostanza nella mia mente Luo Yiming non era altro che l'immagine riflessa del mio capo: un uomo pieno di soldi che viveva una confortevole vita di agi in una casa enorme. Cosa stava succedendo a me e a Qiuzi? Non avevamo mai avuto grandi ambizioni, ma nel profondo dei nostri cuori ciascuno pareva avere il suo idolo. Forse perché eravamo poveri e umili?

Perciò, a essere sincero, mentirei se dicessi che nell'attraversare il portone di casa Luo non provai neanche un filo di invidia, soprattutto perché quel posto era meraviglioso come m'aspettavo. Ero convinto che in quella cittadina non ci potesse essere casa più bella o addirittura che nella mia vita non avrei mai potuto vedere un'altra residenza tanto magnifica. Per nostra fortuna il proprietario era una persona modesta, ben diversa dal mio capo che si faceva seguire da un corteo di auto vuote. Ma davanti all'imponenza della casa mi sentii minuscolo e rimasi senza parole, incerto se chiamarlo maestro Luo, direttore Luo, oppure restare su un più vago e neutro signor Luo...

Mi strinse la mano con grande cordialità e le sue dita forti e vigorose mi trasmisero una sensazione di calore. Sebbene fosse luglio, quando ci invitò a entrare sentii freddo. In salotto fui investito dal profumo del legno di sandalo, mentre alla finestra vedevo muoversi le ombre dei cespugli del giardino. La casa mi parve troppo grande, con soffitti altissimi sostenuti da travi di legno lasciate al naturale. Le nostre voci parevano fluttuare verso il tetto, come se qualcuno ci stesse origliando dall'alto e risucchiasse le ultime sillabe.

Sarei stato curioso di sapere quante persone abitavano in un palazzo così grande e perché non si vedesse nessuno. Possibile che fosse solo come lo ero io nel centro direzionale?

Ci fece accomodare nell'elegante salotto e ci servì del tè che lui stesso aveva preparato in un'altra stanza. Dopo uno scambio di convenevoli, Qiuzi finalmente tirò fuori le foto che mi aveva mostrato la sera prima e io fui preso di colpo dall'ansia. Mi girai velocemente dall'altra parte, guardandomi in giro, dentro e fuori la stanza, ma sempre con le orecchie tese, timoroso che Qiuzi ricevesse un giudizio negativo. Qualsiasi critica troppo diretta nei suoi confronti avrebbe ferito anche me e benché mi rendessi conto di quanto imbarazzante fosse questa mia debolezza, non riuscivo a sopportare che qualcuno potesse guardarla dall'alto in basso.

Per fortuna lui non solo non la criticò, ma anzi manifestò con un sorriso una certa approvazione, magari non del tutto sincera, ma che rivelava quanto umano e gentile fosse rimasto nonostante la sua autorità in materia.

Quando poi tra loro iniziò un'amichevole discussione, finalmente mi rilassai del tutto.

Nei mesi successivi, mentre ero impegnato a preparare la proposta per i lavori sulla collina, accompagnai più volte Qiuzi a casa Luo. Loro parlavano sempre di fotografia e a me andava bene. Tra noi c'era sempre più confidenza e questo mi permetteva di distrarmi e di pensare al mio progetto.

Naturalmente, tutti e tre trascurammo una cosa.

Perché la signorina Baixiu, a quel tempo ancora una ragazzina, origliava le nostre conversazioni? Aveva qualche presentimento?

Ah, signorina Baixiu, forse stavamo chiacchierando o forse no, quando lei scese la scala a piedi nudi di nascosto e poi la risalì di corsa come un gatto che, anni dopo, con le sue zampe avrebbe riaperto queste vecchie, oscure ferite.

6.

In un angolo della cucina era comparsa una pila di patate dolci con la buccia rossa. Qiuzi aspettò il mio rientro per piazzare sul tavolo un piccolo braciere di terracotta e dar fuoco alla carbonella, dopo di che il profumo di patate arrosto si diffuse pian piano in tutta la casa.

Ma fece tutto questo in silenzio, cosa che scolorì il piacere di quell'aroma carico di nostalgia. Mi preoccupava, Qiuzi, quando si comportava così; era facile capire quand'era allegra o triste, mentre c'era qualcosa di strano quando le sue labbra rimanevano chiuse, come in quel momento in cui, pur avendo il braciere sotto gli occhi, stava bruciacchiando le patate.

Per fortuna il suo silenzio non poteva durare a lungo, perché tenersi dentro le cose per troppo tempo le rovinava la carnagione. Detestava le macchie rosse che le intaccavano il bianco della pelle, me l'aveva detto lei stessa che quando rimaneva zitta soffocando di rabbia la gente pensava che fosse preda di un attacco di timidezza.

E infatti finalmente aprì la bocca per dirmi che era stata a casa dei suoi e passando da Zhushan aveva comprato quelle patate dolci. «A casa non c'era nessuno, papà era andato ad aiutare qualcuno nei campi, mia madre era in fabbrica a seccare foglie di tè, è tornata solo la sera, quando il tè era pronto per la torrefazione. Sapevo che non sarei dovuta andare, quando mi ha visto le è preso un colpo: *Cosa ci fai qua? Cos'è successo? Ti preparo un piatto di vermicelli? Ma poi devi tornare subito a casa!* Assurdo, mi ha trattato come fossi un fantasma!»

«Be', vorrei sapere anch'io perché sei andata a casa così all'improvviso».

Lei mi lanciò un'occhiata, poi girò la testa dall'altra parte e batté più volte le palpebre mentre gli occhi le si arrossavano. Appoggiata col busto sulla tavola, mi rispose: «La cosa assurda sono io, in realtà. Mia madre ha trovato molto strano che le chiedessi il prezzo dei germogli di bambù. Poi è tornato mio fratello, che dopo il congedo lavora sotto padrone. Aveva una mano ancora fasciata. Quando sono partita mi ha accompagnato alla fermata del pullman. *Sta' tranquilla, sorella, il mese prossimo passo di grado e i soldi dei germogli te li diamo noi*».

«Allora sei andata a casa per chiedere un prestito?»

«Sì, perché avevo chiesto un po' in giro, ma la gente appena sente che vuoi dei soldi, si mette a piangere miseria».

«Di quella faccenda non se fa più niente» dissi io con leggerezza.

Mi tornò in mente la cena del nostro matrimonio, noi cinque al tavolo a mangiare in silenzio pesce e crostacei. Emozionatissimo, avevo detto a tutti che avrei trattato benissimo Qiuzi ma di quelle parole, a ripensarci ora, mi restava soltanto un'insopportabile amarezza. Le avevo fatto troppa pressione, non avrei dovuto parlarle dell'investimento per entrare in società perché era chiaramente al di sopra delle nostre forze. Era una prospettiva che avevo soltanto buttato lì, ma lei se l'era tenuta dentro per tutto quel tempo.

Probabilmente mi aveva letto in faccia che mi dispiaceva perdere l'occasione e per questo le era venuta la stupida idea di aiutarmi. Mi resi conto in quel momento che negli ultimi mesi ero diventato più taciturno quand'eravamo insieme, certamente perché ero concentrato sulla preparazione della mia proposta, ma c'era anche un'immagine demoniaca che mi rodeva l'anima. Ogni volta che venivamo via da casa Luo, provavo una vaga tristezza, la stessa incomprensibile desolazione che mi prendeva quando in passato seguivo il corteo del mio capo in scooter.

Ovviamente sapevo cos'era: ero affascinato dal potere che rappresentava simbolicamente il prestigio e non avendo, purtroppo, nessuna intenzione di scrollarmi di dosso quell'attrazione, lasciavo che mi catturasse ancora col suo sguardo diabolico. Quello di cui invece volevo assolutamente liberarmi era mio padre, che continuava ad angosciarmi. Ero riuscito a prendere le distanze dalla sua tragedia e volevo allontanarmene ancora di più, fino al punto di dimenticarmi completamente di lui, invece ogni tanto mi ritrovavo al punto di partenza, soprattutto quando Luo Yiming e il mio capo mi ricordavano le mie umili origini.

Dietro il braciere in cui cuocevano le patate notai un vaso con i fiori bianchi dello zenzero a giglio.

Mangiai due patate con la buccia e la bocca mi si riempì del sapore amaro del carbone. Una volta io e mio padre costruimmo un forno di terracotta nel campo del vicino; lui aveva raccolto le stoppie di riso mentre io impilavo una sopra l'altra le zolle di terra. Appena fu pronto, appiccammo il fuoco e quando le zolle cominciarono a bruciare, le rompemmo per farle cadere sulle patate così che s'arrostissero. Mio padre si accese allora una sigaretta, sedendosi accanto a me ad aspettare, sul bordo del campo. Quel freddo crepuscolo subito dopo il raccolto autunnale fu il momento più bello che io ricordi della sua breve vita. Dopo neanche sei mesi si sarebbe annegato.

Non raccontai a Qiuzi queste storie del passato e la triste fine che collegavo alle patate dolci, anche se avrei potuto provarci a patto di eliminare l'epilogo. In fondo tutte le storie della vita sarebbero più belle senza la fine, perché sembrano un paio di ali che si fermano a mezz'aria, felici, senza la paura di cadere.

Quando avevo raccontato a Qiuzi l'episodio dei *tangyuan* il giorno del solstizio d'inverno, avevo omesso la fine, lasciandole solo l'immagine di quelle palline di riso glutinoso sparse sul pavimento. Si era divertita all'idea di noi che le raccoglievamo una a una e le mangiavamo ridendo. Ovvio che mi chiedesse perché, prima di darle a mia madre, ne mordessi metà: non le avevo detto della sua grave invalidità.

Perciò, anche stavolta, cuocendo le patate dolci, usai la stessa strategia. Le dissi che mi piacevano quasi bruciate, perché solo così sono vere patate arrostite. *Devono essere nere come la cenere di un forno di campagna per essere davvero gustose. Il giorno in cui con mio padre le abbiamo tolte da quel forno, abbiamo scavato tanto nella cenere che nei nostri volti di bianco erano rimasti solo i denti. Pensa, Qiuzi, quanta emozione in quelle patate: è solo così che si mangiano!*

Ma stavolta lei non mi chiese: *E dopo?*

A quanto pareva, nessuna delle storie della mia vita poteva essere raccontata dall'inizio alla fine. Si stava facendo buio, quando io e mio padre lasciammo il campo. Mia madre aspettava che tornassimo a casa e accendessimo la luce. E dopo? E dopo il cielo diventò tutto nero, un nero infinito che mi inondò la mente per sempre.

7.

Alla luce del mattino la collina sul lato nordorientale si allargava in un grande spazio aperto, tranquillo e bagnato dalla rugiada della notte. Gli uccelli non volavano ancora, farfalle e libellule riposavano sugli alberi. Anche le pietre lungo il sinuoso declivio trasudavano umidità: da poco estratte dalla terra sembravano ansiose di dispiegare tutta la loro solidità, togliendosi pian piano di dosso il terriccio che ancora le avvolgeva. Sul lato color ruggine dove erano state tagliate, luccicava la brina autunnale della notte precedente.

Taipei dormiva ancora profondamente nel bacino sottostante.

Mi girai verso sud, dove il pianoro scavato e intagliato dalle rocce della scarpata si stendeva in tutta la sua considerevole ampiezza. Il muro di contenimento era stato ricostruito e ora si ergeva fin sopra le chiome degli alberi. Di lì a poco sarebbero comparse tante villette indipendenti che si sarebbero contese la terra con il cielo e avrebbero affidato il loro destino alla clemenza degli agenti atmosferici.

Stavo annotando tutto questo per usarlo nella presentazione della mia proposta. Avevo controllato persino le fessure tra i massi e i canali di scolo delle acque, fotografando anche le sezioni delle reti di contenimento, pur consapevole che queste osservazioni a occhio nudo erano soltanto note di routine che sarebbero risultate vane in caso di piogge torrenziali. Non riuscivo a liberarmi delle preoccupazioni che mi rodevano da giorni e, approfittando del fatto che dovevo elaborare la proposta, continuavo a tormentare il mio capo.

«La collina sarà meno compromessa se rinunciamo a sviluppare il lato sud».

«Potrei essere d'accordo, ma dobbiamo tener conto di altre sette teste dure».

«Ma lei ha detto che vuole cantare fino all'ultimo acuto».

«Ma devi dirmi tu come cantarlo. Ne discuterò con loro solo se mi darai qualche buono spunto».

Ma non resistette e il giorno dopo telefonò a tutti, uno per uno e come aveva previsto le sette teste dure non risparmiarono le critiche. Anzi, qualcuno arrivò a gridare così forte che si tappò le orecchie, parlando senza ascoltare e trasformando la conversazione in una lite nell'etere.

Alla fine, livido in volto, ordinò di convocare tutti i fratelli per risolvere la questione faccia a faccia. Era disposto ad accettare la scommessa, ma se la nuova proposta non fosse passata, sarebbe stato costretto a lasciare che la montagna tornasse al suo stato selvaggio.

Dopo vari messaggi tra le parti fu finalmente stabilito che la presentazione della proposta si sarebbe tenuta un pomeriggio di dieci giorni dopo.

E così quel giorno, poco dopo le dodici, una serie di lussuose berline s'inerpicò sulla strada della montagna. I fratelli arrivarono ognuno quasi per conto proprio, senza scambiarsi convenevoli né intenzioni, in un'atmosfera che ricordava quella di una sfida finale tra maestri di arti marziali. Io e il mio capo stavamo pranzando in terrazza, ma lui continuava a guardare giù. A un certo punto posò le bacchette e disse: «Guarda quel ciccione, gestisce un tempio eppure ha trovato modo di venire alla riunione. Con tutta la sua pia devozione, è quello che meno si preoccupa delle frane. E non che gli altri siano meglio. Si dice che chi la dura la vince e che l'unione fa la forza, ma sono tutte stupidaggini: a questi l'unione interessa solo per cavarci più che possono dalla montagna d'oro». Mettendomi fretta continuò: «Non sono mica venuti qua con buone intenzioni, non startene lì tranquillo a mangiare! Muoviti, va' a prepararti, non vorrei che se la squagliassero a metà presentazione».

«Cercherò di non coinvolgerla» dissi.

«È tutto pronto?»

«Sì, anche la mia valigia» risposi con una risata.

PROPOSTA: LA STORIA DEI LAGHETTI PER LA PREVENZIONE DELLE INONDAZIONI
CONCETTO: UNA MONTAGNA CHE EMOZIONA
PUNTI DI FORZA: CLASSE MEDIA, IDEALISMO SOCIALE, RESPONSABILITÀ SOCIALE D'IMPRESA
PROGRAMMA: RIDURRE LE DIMENSIONI, AMPLIARE LE OPPORTUNITÀ, PUNTARE SULLA SPERANZA

Salii sulla pedana e feci un inchino. Poi mi voltai verso le scritte proiettate sul muro e lessi in silenzio per una ventina di secondi prima di salutare i presenti. Non li conoscevo bene, ma a parte il sesto fratello, responsabile di un tempio, erano tutti pilastri della società. Mi limitai a dire chi ero, da quanto tempo lavoravo lì e la ragione per cui ero davanti a loro.

Esordii facendo riferimento alla fallimentare promozione delle vendite di tre mesi prima. «Mmm, non proprio un fallimento» dissi, «ma l'abbiamo realizzata con troppa fretta, trascurando una cosa fondamentale, dimenticandoci di attribuire a questa montagna una sua vita unica e distintiva, il nome che le spetta, un sogno per il futuro. Credevamo che soltanto case di lusso avrebbero potuto arricchirla, ma quest'esperienza ci ha dimostrato che la montagna può essere arricchita soltanto dalla sua stessa vita. Come nella società: non sono i ricchi a portare la speranza, ma chi la speranza la insegue...»

«Non ci servono prediche» commentò il fratello del tempio.

«Ha ragione, non le sopporto nemmeno io». Lanciai una breve occhiata all'alone di luce sopra la sua testa e cominciai a proiettare, una dopo l'altra, le cinque foto a colori che avevo scattato ai laghetti negli ultimi giorni, approfittando della breve luce dell'alba. Grandi come un campo da pallacanestro e riempiti dall'acqua piovana dell'estate, riflettevano il verde rigoglioso dei pendii, interrotto da ciuffi di nuvole vaporose.

«È di questi laghetti che voglio parlarvi, oggi» continuai. «Non gli abbiamo mai dato importanza, li abbiamo realizzati solo per conformarci alla legge che li prevede per drenare le acque della montagna e incanalare le inondazioni. Ma, perdonatemi, il focus della mia proposta di oggi sono proprio loro, questi cinque stagni che insieme raccontano una storia».

Preoccupato che perdessero la pazienza, mi misi a leggere quanto scritto nella presentazione:

> Il protagonista della storia è un vecchio.
> Primo laghetto: immaginiamoci una barca sul pendio e mettiamoci dentro lui che sta pescando.
> Secondo laghetto: finalmente un pesce abbocca, ma è più forte del vecchio, è un super pesce.
> Terzo laghetto: il pesce resiste con tutte le sue forze, il vecchio si ferisce gravemente e cade sul fondo della barca.
> Quarto laghetto: dopo qualche giorno e qualche notte, il super pesce galleggia sulla superficie dell'acqua, il vecchio è esausto.
> Quinto laghetto: l'intero scheletro del pesce giace sulla barca e il vecchio torna al porto.

Dalla platea arrivò una domanda e pensai che fosse un buon inizio.

«Che storia si è inventato? Che senso ha?»

«È *Il vecchio e il mare* di Hemingway, l'ho diviso in cinque parti».

Uno dei fratelli si girò verso gli altri e disse: «Ormai siamo qui, lasciamolo finire».

E così continuai con aria solenne: «Abbiamo la fortuna di avere su questa montagna cinque laghetti artificiali che possiamo immaginare come grandi laghi o addirittura oceani. Per creare una storia coinvolgente, all'inizio avevo pensato di usare il racconto di Hemingway soltanto per ispirare la prossima generazione, trasformando quest'area paesaggistica in una scuola a cielo aperto, dove professori da ogni parte del paese potessero portare gli studenti, o i genitori i propri figli, per spiegar loro, attraverso queste sculture all'aria aperta, il significato della lotta tra il vecchio e il mare. Poi però mi sono reso conto che questa funzione sarebbe stata troppo limitata e che lo spirito della storia in realtà poteva estendersi all'infinito, cioè tutti possono leggerla in riferimento a se stessi, gli uomini per vedere la loro lotta in quanto uomini, i giovani per coglierne le proprie potenzialità. Insomma, ciascuno può dare la propria interpretazione di questo luogo, persino un fallito può trarre dall'esperienza del vecchio una nuova visione delle infinite possibilità della vita».

«Ma la storia si conclude con un fallimento, il vecchio si porta a casa soltanto uno scheletro» obiettò qualcuno.

«Certo, si può leggere così, ma non necessariamente. Il vecchio ha i crampi alle gambe, non controlla più le mani, la ferita alla spalla è infettata da ulcere e comincia persino a sputare sangue. Avrebbe potuto tagliare la corda della canna da pesca che gli segava la spalla e tornarsene a casa a mani vuote, avrebbe vissuto bene lo stesso. Ma penso che il valore di un uomo sia proprio qui. Il marlin – scusate, mi sono dimenticato di dirvi che il pesce era un marlin – è un pesce la cui resistenza era chiaramente superiore alle forze del vecchio, che però ha continuato questa lotta destinata al fallimento pur di vincere su se stesso ed è qui che nasce la famosa frase di Hemingway: "L'uomo può essere distrutto ma non sconfitto"».

Qualcuno interruppe dicendo: «Anche ammettendo che questa storia abbia un qualche valore, che cosa c'entra con le nostre vendite?»

«Penso che questa sia l'occasione per dare alla montagna una sua identità. I nostri valori sociali sono sempre più confusi, e quando si parla di ville in montagna si enfatizza sempre la nobiltà dei ricchi, che in realtà, nella maggioranza dei casi, rappresentano la parte più spietata della società. Perché, dunque, non approfittare di quest'occasione per ridurre le dimensioni delle ville dando speranza a un maggior numero di persone? E più adesioni otterremo, più saranno gli uomini che ci emuleranno in qualsiasi altro posto e finalmente i nostri figli avranno il coraggio di crescere e i giovani di sperare nel futuro. Se queste occasioni si diffonderanno ovunque, ovunque ci sarà speranza e come diceva quel vecchio: "Se c'è un posto dove vendono la buona sorte, ne compro volentieri un po'"».

«Tutto questo per suggerirci di vendere le ville a un prezzo più basso?»

«Naturalmente bisogna fare bene i conti, ma visto che non si enfatizzerà più l'aspetto del lusso, si potrà risparmiare considerevolmente su capitale e risorse, portando quindi i prezzi a un livello che il cliente percepirà come più conveniente. E poi, dato che nella pianificazione abbiamo previsto la scuola, il mercato, il parco e una via dello shopping, trasformeremo l'area in un villaggio di montagna, che sono sicuro attirerà molta gente. È questo il valore che vorrei esprimere, un valore con cui possiamo arricchire la vita della montagna».

Dopo un primo momento di sbigottimento, i fratelli cominciarono a bisbigliare uno con l'altro, come se avessero recuperato una certa armonia.

Tutti fuorché l'ottavo, il mio capo. Era appoggiato allo schienale della sedia con le mani incrociate sul petto e lo sguardo serio. Pensai che stesse ancora meditando e che perciò non avesse avuto il tempo di mostrare la sua soddisfazione. Mi chiedevo se sapesse che l'ispirazione per quell'idea partorita spremendomi allo stremo le meningi era nata la sera in cui avevamo bevuto la birra insieme. La mia intenzione era di lenire la sua gola riarsa e permettergli d'intonare con facilità il suo do di petto. Ero convinto che, se la mia proposta non fosse stata accolta, la montagna sarebbe stata riconquistata da rovi ed erbacce per un tempo indefinito, come lui aveva previsto, e per lui sarebbe stato ancora più impossibile alzare la testa tra i suoi fratelli: qualsiasi nota avesse voluto intonare, anche la più bassa, gli si sarebbe soffocata in gola.

Sincerità. Continuava a piacermi questa parola, come "amore".

Indubbiamente, la mia sincerità si mescolava con altre note che pulsavano nel profondo della mia anima. Ero sincero anche con me stesso, oltre che con Qiuzi. Talvolta mi tornavano in mente le sagome della gente sdraiata in via Chongxiao est, altre volte mia madre. A mio padre pensavo solo quando non potevo evitarlo, perché, anche se ero in debito con lui, lo odiavo profondamente. Nessuno sapeva perché avessi pensato a Hemingway, non avevo letto *Il vecchio e il mare* perché mi piacciono le tragedie, ma perché tra me e il vecchio c'era un legame, un tipo di emozione che mio padre non era mai riuscito a trasmettermi.

Le discussioni private tra i fratelli interruppero la mia presentazione, ma notai che il capo continuava a rimanere in silenzio. Pensai che fosse intimorito, succedeva spesso chc cadcssc in uno strano stato mcditativo quando si sentiva insicuro e ora, nel momento più adatto per parlare con i suoi fratelli, sembrava in preda alla paura del palcoscenico. Il senso d'inferiorità per essere figlio della terza moglie, profondamente radicato nel suo cuore, lo paralizzava ancora di più in quell'atmosfera di calore e intimità familiare.

Nella stanza a poco a poco si fece silenzio e fu il fratello più vecchio a prendere le redini della situazione: «Ci siamo parlati e pensiamo che la tua proposta sia buona. Nell'era del consumismo vanno di moda le storie e quella che hai raccontato è bella, ma non possiamo andare oltre certi limiti: va bene l'idealismo, ma ci devono essere anche i profitti».

«Certamente. Se aumentiamo il numero delle unità abitative in modo ragionevole e senza superare i limiti indicati dal permesso edilizio, secondo i miei calcoli circa i prezzi di vendita, penso si possano fare buoni profitti».

«E tu cosa ne dici? Ti sembra fattibile?» chiese un fratello al mio capo.

«Se siete soddisfatti voi, per me va bene».

Il responsabile del tempio, che aveva le idee chiare, mi chiese: «Perché dovremmo credere che la tua idea funzioni?»

«Se riusciamo a evitare che altri costruttori vengano a rovinare la montagna, metà del successo è garantita».

«Non possiamo continuare a usare il nome del progetto originale?»

«No, bisogna assolutamente cambiarlo».

«Come?»

Inspirai profondamente e risposi: «Il progetto si chiamerà "Il vecchio e il mare"».

8.

Il pomeriggio di due giorni dopo arrivò in montagna un artista che con il suo codazzo salì lungo il pendio e attraversò la foresta per fotografare i laghetti da varie angolature. Era stato invitato dal quinto fratello, quello con l'impresa di elettronica, che durante l'incontro non aveva aperto bocca ma adesso non solo aveva mandato questo tizio a studiare la situazione, ma stava anche sondando la possibilità di realizzare una statua di un vecchio che pescava.

Come gli altri suoi fratelli, nemmeno questo aveva molti rapporti con il mio capo. L'avevo già visto di sfuggita qualche volta, ma sempre in situazioni di faida familiare, mentre quel giorno, mentre passeggiavamo tranquillamente al seguito del fotografo, ebbi l'occasione di farci due chiacchiere. «Ho pensato tutta la sera alla tua proposta» mi disse. «Se devo essere sincero la trovo un po' convenzionale oltre che datata, insomma un po' fuori moda in quest'era tecnologica. Però ha il suo fascino, perché ha il pregio di infilare un po' di letteratura nell'edilizia, il che potrebbe essere d'ispirazione per tanti. Insomma, penso sia un'ottima strategia di vendita. Ma non gioire troppo presto, non tutti la pensano così».

Il mio capo ci seguiva a una certa distanza. Quando i suoi fratelli erano in zona, lui si riparava dietro la coltre bianca del fumo di svariate sigarette, ma più se ne stava tristemente in disparte più a lungo duravano poi i monologhi con cui si sfogava quando se n'erano andati tutti.

Dopo essersi scambiati qualche idea sul materiale da usare per la statua, i visitatori si accinsero a tornare a valle. A quel punto presi due copie de *Il vecchio e il mare* e le infilai nella macchina del quinto fratello, che sporse la testa e disse: «L'ho già letto, non è un libro da leggere dopo i cinquanta. Ma lo rileggerò».

Bene! Invece il mio capo, arrogante e complessato allo stesso tempo, non venne nemmeno a salutarli. Solo quando risalii verso di lui mi guardò e indicando l'auto che scompariva mi domandò: «Che stronzate ti ha detto, adesso?»

«Mi ha ricordato di non cantar vittoria troppo presto».

«Ah. Ma perlomeno è d'accordo. Con lui ho fatto a cazzotti, una volta, prima di partire militare, ma si vede che non se l'è legata al dito».

Diede un'occhiata all'orologio, si strinse nell'impermeabile e mi chiese di accompagnarlo a valle: «Con questo tempo, dovrebbero aver ricominciato a servire lo stufato di montone...»

Eravamo in attesa di qualche sviluppo. Dopo la mia presentazione, quel giorno, i sette fratelli si erano sì scambiati qualche occhiata perplessa, ma tutto sommato l'atmosfera era stata inaspettatamente serena e foriera di ottime prospettive. Eppure il mio capo era ancora preoccupato e lungo il tragitto telefonò più volte alla casa madre, senza chiedere di nessuno in particolare. Si faceva passare a turno ora questo ora quel responsabile ponendo domande a caso sulle cose più disparate, ma non riuscendo a sondare gli umori dei sette fratelli a un certo punto chiuse la chiamata.

Pensai che, preoccupato com'era, senz'altro mi avrebbe portato di nuovo laggiù, e glielo domandai.

«Dopo cena, vuole tornare al Parco Yitong?»

«Per fare quella cosa lì non si deve per forza tornare nello stesso posto».

Benché a valle non facesse così freddo, in quell'angolino tranquillo della strada soffiava il vento di dicembre, perciò fummo costretti a sederci a un tavolino riparato dal telone che arrivava fino al pavimento. Quando ci portarono il vino, il mio capo divaricò le gambe e buttò giù subito un mezzo bicchiere. Gli invidiavo quel modo di fare così diretto, quasi rozzo, non era certo il tipo di persona con cui un tempo mi ero immaginato di lavorare, eppure avevo finito con l'abituarmi a quello stile. Anzi, devo dire che se lui non fosse stato così irruento, forse oggi io sarei ancora più riservato e servile. Insomma, devo ritenermi fortunato, anche se purtroppo non sono mai riuscito a diventare franco come lui.

«Dai, bevi! A cosa diavolo stai pensando?»

«Pensavo al marlin pescato con tanta fatica per poi finire mangiato dagli squali. Hemingway probabilmente aveva deciso il finale ancor prima di cominciare a scrivere *Il vecchio e il mare*, come a dire che il valore di un uomo viene a galla soltanto nella tragedia. Ma io non vorrei che la vita si riducesse a questo tipo di valore».

«A essere sincero, quando hai fatto la presentazione ho sudato freddo tutto il tempo. I miei sono culturalmente così diversi tra loro, che mi chiedevo quanti capissero qualcosa di Hemingway. Perciò quando li ho visti che ascoltavano con tanto interesse, fingendo di avere chissà quale cultura, sono rimasto di sasso. Pensavo recitassero ma evidentemente adesso si sono proprio calati nella parte! Perché non mi spieghi bene cos'hai in testa? Così potrò aiutarti a sfondare, a costo di passare sui loro cadaveri».

Gli aprii il mio cuore, raccontandogli di quando era incappato nei manifestanti del Movimento Lumache Senza Guscio subito dopo il congedo. «Erano tutti più vecchi di me, ma i loro figli stanno crescendo e diventeranno a loro volta delle lumache senza guscio».

«Cosa c'entra questo col vecchio pescatore?»

«Siamo noi i vecchi di domani, dobbiamo aspettare di non avere più forze per cominciare a cercare il valore della vita? Perché non provarci ora, a creare un altro ordine di valori, a trovare il modo per trattare bene i nostri simili, per migliorare la società? Basta con le case di lusso! I ricchi hanno già approfittato troppo della società, perché continuare ad assecondare i loro gusti?»

«Càndidati a presidente della repubblica, allora!»

«Se riuscirò a realizzare questo progetto, sarò più contento di voi quando fate soldi a palate».

«Oggi sei molto ciarliero! Dovresti esserlo sempre: fa bene tirar fuori quello che si ha dentro. E guarda che lo so che queste tue idee non nascono dal niente. Non so quanto, ma che tu abbia sofferto da piccolo l'ho capito il giorno che sei venuto a chiedere le ferie per il matrimonio. Di solito il futuro sposo non sta nella pelle, mentre tu parevi sull'orlo di un burrone. Eri triste persino per le nozze!»

«Mi sono ripromesso di fare a Qiuzi tante belle sorprese».

«Sorprese? Cos'è una bella sorpresa?»

«Lei non lo capirà, ma una bella sorpresa la si trova anche nelle cose più piccole».

«Niente rebus, fammi un esempio: quanto piccole sarebbero queste cose di cui parli?»

«Qualcosa che soltanto una nullità possiede».

Per chiudere il discorso mi ficcai in bocca un pezzo di montone, ma era così grosso che mi si gonfiarono le guance al punto da farmi strabuzzare gli occhi. Avvampai e di colpo mi si annebbiò la vista. Sentivo solo le sue esclamazioni al cellulare, come il triste frinire di una cicala che mi invadesse le orecchie. Quando finalmente riuscii a rimuovere l'osso con l'aiuto di una bacchetta, la faccia mi si sgonfiò, ma mi resi conto di avere gli occhi pieni di lacrime. Poi scesero e ritornai a vedere perfettamente.

Intanto lui aveva fissato l'appuntamento con le donne, e suggellò la cosa con un bel rutto.

Talvolta volevo essere come lui, un uomo con poche preoccupazioni che quando si sentiva sotto pressione gli bastava andare a donne, poi si rinfilava i pantaloni e tornava a fare l'imprenditore. Se io non avessi avuto Qiuzi o, meglio, se al mondo non ci fosse mai stata Qiuzi, forse ci sarei andato anch'io, con qualcuna. Non ci voleva chissà che, mi sarei tolto le brache io come si sarebbe tolta i vestiti lei. Ma quando mai avrei fatto una cosa del genere? Perché avrei potuto desiderare di spogliarmi davanti a una donna che non fosse Qiuzi?

Finì di bere e si asciugò la bocca. «Accompagnami, se vuoi puoi tornartene indietro subito».

«Non si preoccupi, posso aspettarla, la riporto all'albergo».

«Non farmi prendere un colpo! Mica avrai deciso di interrompere la tua astinenza? O non è che...»

«Sono curioso di vedere quale sceglierà stavolta, per me già questo è stimolante. Alle elementari facevo un gioco: appena sentivo dei passi nel vicolo mi accucciavo davanti alla porta e pur sapendo che da noi non veniva mai nessuno, spiavo dalla fessura. Mi pareva che così mio padre sarebbe tornato a casa...»

«E tua madre cosa diceva? Cretino, apri quella porta!»

«Lei non badava a me, se ne stava di sopra a farsi la manicure».

Per fortuna ero rimasto sufficientemente sobrio da chiuderla così.

Quando entrammo in città, cominciò con le sue caotiche indicazioni: via Xinyi, poi un lungo giro per via Tonghua, finché neppure lui riuscì più a ritrovare il posto dov'era stato l'ultima volta. Alla fine parcheggiammo di fronte a un grande negozio di elettronica e salimmo al secondo piano, dove, a una porta, era appesa l'insegna di un club. In un interno dal soffitto piuttosto basso si snodava un grande tappetto rosso che sembrava sospeso sull'acqua.

Non avevamo ancora ordinato niente che il cameriere ci aveva già portato un tè caldo, mentre due ragazze uscivano da dietro una fila di palme da appartamento e con passo felpato andarono a sedersi al tavolo accanto. Il mio capo le osservava come se stesse ammirando dei quadri e io alzai lo sguardo oltre una fioriera alle sue spalle: Qiuzi! Era lei! La ragazza che intravedevo oltre i vetri della saletta privata più interna del locale sembrava proprio Qiuzi.

«Gliela chiamo» disse il cameriere.

Mi stavo chiedendo se non mi stessi sbagliando, quando la ragazza si alzò in piedi: aveva lo stesso fisico di Qiuzi e anche la stessa forma del volto, lungo e sottile. L'unica differenza erano i capelli, che a questa arrivavano alle spalle. Avanzò lentamente e si fermò vicino alle piante. Ora potevo vederle meglio il viso, ma non il corpo, nascosto dalle foglie delle palme. Sembrava facesse di tutto per lasciarmi nel dubbio. No che non era Qiuzi, eppure non riuscivo a staccarle gli occhi di dosso: succedeva perché Qiuzi era sempre nei miei pensieri? O perché lei era dappertutto e finiva con l'incarnarsi in chiunque, mettendomi in serio imbarazzo?

«La conosci?» mi chiese il capo. «Non guardarle la faccia, non è con la faccia che avrai a che fare».

Se non la guardassi in faccia, Qiuzi sarebbe sempre la mia Qiuzi?

Quando tornai in montagna, nonostante l'ora tarda le telefonai per dirle che la mia proposta aveva buone speranze. Lei scoppiò a piangere e i suoi singhiozzi mi scaldarono il cuore. Anche se non eravamo vicini, sentivo con quanta intensità mi pensava. Ero sicuro che non dormisse, ansiosa com'era di avere mie notizie.

«Se la tua proposta passa, aiuterai un sacco di persone».

Quindi ricominciò a parlare dei soldi da investire, dicendo che l'indomani li avrebbe chiesti a degli amici, perché la vendita del bambù aveva fruttato solo duecentomila dollari taiwanesi. «Quizi» le dissi, «dobbiamo aspirare a qualcosa di più alto, varremmo meno di un germoglio se accettassimo i soldi guadagnati con tanta fatica dai tuoi».

Lei bofonchiò un assenso convinto, ma aggiunse: «Eh, lo so, ma se non ce li facciamo dare, tu come farai?»

«Non importa» le risposi, «non dobbiamo per forza investire in questo progetto. E poi oggi sono su di giri, ho bevuto un po' e ho anche visto una ragazza che ti somigliava. Per fortuna aveva i capelli lunghi, altrimenti l'avrei chiamata col tuo nome».

«Mi chiamerai quando torni a casa, senza farti sentire da nessun altro» replicò lei.

9.

La primavera si arrampicò silenziosamente sui rami spogli degli alberi decidui coprendo tutta la montagna del verde tenero delle gemme, mentre il crinale era infiammato dal rosso delle bauhinie e degli alberi del tulipano africano in piena fioritura. Su suggerimento di alcuni dei fratelli, il nome "laghetti di contenimento", piuttosto ostico, fu sostituito, per la comunicazione all'esterno, dal più accattivante "eco-laghetti", più in tono con la lussureggiante vegetazione del luogo. Arrivarono anche le prime lucciole, in anticipo sulla stagione, e i bambini del clan Mada non volevano più saperne di andare a casa: dopo aver giocato con gli aquiloni, si nascondevano con il retino sotto gli alberi in attesa che nel buio apparissero quei puntini di luce intermittente.

Non furono convocate altre riunioni, ma i fratelli di tanto in tanto venivano lo stesso in gita con i loro amici agli eco-laghetti, dove con il pretesto di guardare i pesci non perdevano occasione di pubblicizzare il progetto "Il vecchio e il mare". Mi colpì in particolare il fratello medico, un importante neurochirurgo di cui però non sapevo il nome, un tipo silenziosissimo sempre intento a lisciarsi la pretenziosa e altera barba bianca, che stavolta invece era alle prese, in riva a uno dei laghetti, con una canna da pesca immaginaria che lo costringeva a inarcarsi al punto da suscitare l'ilarità di tutti i presenti.

Pur se ancora in embrione, l'idea de "Il vecchio e il mare" sembrava sortire già un certo effetto, più che altro di tipo spirituale. Era come quando qualcuno legge una poesia intorno al fuoco e tutti pian piano si zittiscono per ascoltare, le liti si sciolgono in un bisbiglio e i nemici di sempre diventano amici per la pelle. Qualcosa di strano stava succedendo anche al mio capo, che guardava da lontano i suoi fratelli e sorrideva. Talvolta, temendo che non si fidassero di lui, si prendeva la briga di avvicinarsi ai capannelli dove loro stavano scambiando convenevoli, presidiandoli con discrezione e ordinando allo staff di sistemare sull'erba un bel tavolone e una decina di sedie, tutte coi cuscini giallo pallido. Sembravano i preparativi per una riunione tra genitori e professori, che sarebbe cominciata non appena fossero comparse le sagome solitarie dei membri del clan Mada.

Insomma, tutto andava per il meglio e anche da Qiuzi arrivavano buone notizie. Era così emozionata che non riusciva a parlare e al telefono sentivo soltanto il suo respiro ansimante, ma alla fine fui in grado di capire che si trattava di soldi. Il suo maestro di fotografia, il funzionario di banca Luo Yiming, aveva acconsentito a darci un prestito anche senza le garanzie necessarie che noi non avremmo potuto dargli.

Avevo già accantonato da tempo l'assurda speranza di diventare azionista della società, ma ora sembrava che il sole appena tramontato stesse sorgendo di nuovo. Se qualcuno era disposto a darci una mano, perché esitare? Mi precipitai dunque a valle la sera stessa e riuscii a salire sull'ultimo autobus per casa. Il giorno dopo avevo già confermato i nostri dati alla banca.

Era tutta una serie di eventi sorprendenti: inaspettata

l'armonia che si era creata tra i fratelli, così come l'arrivo improvviso di questi soldi. E chissà quante altre sorprese ancor più piacevoli sarebbero arrivate dopo, pensavo, un po' come in primavera, che quando sfioriscono i fiori di pruno, fioriscono quelli di pesco e la vita rinasce a poco a poco un po' ovunque. Una catena di eventi miracolosi, come quelli che mi avevano portato a conoscere Qiuzi: se non fossi entrato nel negozio di marmellate non mi sarebbe venuta quell'ispirazione e pochi minuti dopo non avrei incontrato lei nel caffè.

E in effetti un'altra sorpresa arrivò, ma sotto forma di un marzo funesto.

L'Organizzazione mondiale della sanità lanciò un allarme sull'improvvisa epidemia di una rara sindrome respiratoria acuta che si stava diffondendo gradualmente a livello globale. Dopo qualche giorno si registrò il primo caso a Taiwan, ma all'inizio non si creò un vero e proprio clima di panico, quello che di solito nasce da un imprevisto fenomeno di massa, come se una mano demoniaca arrivasse a bussare di casa in casa nel cuore della notte. In quel momento in cui ancora non dilagava la paura, i visitatori continuavano a venire a sbirciare i nostri cantieri e l'incantevole fioritura degli alberi del tulipano africano sembrava aver imbellettato le colline con una cipria di un rosso sgargiante.

Aprile fu tremendo. Il panico esplose quando il contagio cominciò a diffondersi nell'Ospedale della Pace di Taipei, che fu immediatamente messo in quarantena, come furono chiuse su entrambi i lati le strade in cui c'erano casi sospetti. La gente usciva con la mascherina, e in realtà la indossava anche quando stava riparata in casa. La TV non trasmetteva altro che notizie sull'epidemia, tanto che davanti agli ospedali erano perennemente parcheggiati i furgoni delle varie emittenti con le telecamere che, fisse sulla finestra di un particolare gruppo di medici, riprendevano soltanto i loro occhi, l'unica parte del corpo non nascosta dalle tute anticontagio.

La caduta dei fiori rossi degli alberi del kapok segnò la fine della primavera e la vita entrò di colpo nell'inquietudine d'inizio estate. Tutti i luoghi pubblici, dai ristoranti ai cinema, erano deserti, e anche le vie della città erano incredibilmente silenziose, raccontavano i membri del personale quando tornavano in montagna dopo aver sbrigato qualche pratica a valle. Il mio capo non si fece vedere per sei giorni di fila, tanto che l'ufficio amministrativo mandò un'assistente nell'albergo di famiglia di via Jilin per misurargli la febbre ogni due ore, come un'infermiera. Ci fece sapere che il nostro capo, benché perfettamente in salute, non riusciva a camminare perché aveva i piedi così gonfi che quando non li teneva su un cuscino ghiacciato gli facevano un male lancinante.

Ma non appena gli attacchi di gotta gli diedero tregua, il boss mi chiese conto della situazione poco felice del mercato e improvvisamente gli venne l'idea di andare a Taizhong.

«Dove altro si può andare, in questi giorni? Qua è uno schifo! Uscendo di casa, in ascensore un tizio mi ha starnutito addosso, forse pensava che la mascherina gli permettesse di fare i suoi comodi! Facciamo che mi accompagni a fare un giro alla casa di famiglia e la sera ti invito a cena con Qiuzi. Dovrò pur vedere che aspetto ha, no? Che ne dici? Cercherò un ristorante dove è proibito starnutire».

Anche sull'autostrada il numero delle macchine era evidentemente diminuito e oltrepassata Taoyuan non trovammo assolutamente traffico. Di solito a casa ci andavo coi mezzi pubblici, mentre per questa visita improvvisa ci sarei arrivato pigiando sull'acceleratore di un'auto che correva veloce quanto il battito del mio cuore. Non avevo avvisato Qiuzi, ma perché avrei dovuto farlo? La nostra vita aveva una routine regolare come una tabella militare, ma oggi sarebbe stato diverso, una rara vacanza piovuta dal cielo come la reflex per Qiuzi.

Chissà che faccia stupita avrebbe fatto aprendomi la porta! Soltanto immaginandomi la scena, superato il cartello di Houli lanciai l'auto a tutta velocità.

Lasciai il capo alla sua antica casa di famiglia, poi alla guida della sua macchina ripercorsi le strade che fino a due anni prima attraversavo ancora in scooter. Oltrepassata via Wenxin, zigzagai a destra e a sinistra e finalmente puntai dritto verso casa. Quando suonai il campanello avevo ancora la mascherina sulla bocca. Volevo farle uno scherzo, agitarla un po' presentandomi come uno sconosciuto, lasciarla un attimo nel dubbio finché avrebbe capito che quel tizio misterioso era in realtà suo marito. Non se l'aspettava di certo e la sorpresa sarebbe stata fantastica.

Suonai a lungo ma non rispose nessuno.

Aprii la porta e irruppi nella stanza da letto, per poi tornare subito in sala: ero io quello sorpreso, imbambolato in quello spazio che mi pareva surreale. Telefonai al fiorista, alla scuola e allo studio di fotografia che frequentava e persino ai suoi amici, finché calò la sera e la stanza piombò in un'oscurità che non ebbi il coraggio di contrastare, temendo che anche un filo di luce mi sprofondasse in un'oscurità ancor maggiore. Mi sedetti e posai la testa sul tavolo.

Cancellai la cena con il capo, temendo che non sarebbe stata una cancellazione temporanea. Costrinsi le mie membra indolenzite a stare sulla sedia tutta la notte fino a quando alla finestra spuntarono le prime luci del giorno.

Non osavo entrare in camera.

Alla fine fui costretto a svegliarmi da quella notte di veglia. Se aveva avuto un impegno, Qiuzi prima o poi me lo avrebbe detto sicuramente, non era capace di tenere segreti. Per non metterla in difficoltà eliminai tutte le tracce del mio passaggio in casa, infilando anche la sedia sotto il tavolo. Chiusi la porta a chiave e me ne andai.

Mentre guidavo verso la casa del capo e lo aspettavo per riportarlo in montagna, mi sentivo come se stessi scappando da una punizione per una qualche colpa.

Appena arrivati, la prima cosa che feci fu telefonare a

Qiuzi. Era in casa, ma non accennò minimamente alla sera precedente e io non dissi niente della mia visita. Non riuscivo a capire il suo silenzio, era come un'estranea che passando di lì per caso avesse risposto al telefono perché l'aveva sentito suonare e poi avesse rimesso giù.

Tra noi non era mai stato così. Non osavo fare domande, per paura di aprire ferite. Ma non potendo neppure stare in silenzio le dissi: «Qiuzi, ricordati di portare la mascherina, il fiorista è vicino, ma il virus si può nascondere nel polline...» Poi aggiunsi: «Ieri finalmente ho visto un barbetto, bellissimo! È uscito dalla chioma di un albero, ma purtroppo è volato via subito».

Davanti a quel suo insolito silenzio, cominciai persino a balbettare...

Finalmente mi rispose. «Il prestito è stato approvato oggi» disse con voce calmissima, senza un filo di emozione.

10.

Due giorni dopo, un venerdì, portarono dei pruni da un'altra regione del paese e li piantarono nelle buche già predisposte. Come al solito ero di fianco alla gru per aiutare nell'operazione e non mi accorsi che tra il fogliame c'erano dei rami secchi. Improvvisamente uno si spezzò a mezz'aria e la parte terminale, a forma di fionda, mi colpì con una frustrata.

Era un ramo senza fiori e senza foglie, ma mi colpì all'improvviso come un lampo impossibile da fermare, e mi squarciò la camicia ferendomi al petto. Informato dell'accaduto dai giardinieri quando arrivò nel pomeriggio, il mio capo mi disse qualcosa che non c'entrava niente: «Torna a casa, adesso, e metti a posto le tue faccende».

Mentre scendevo a valle in autobus sentii dentro di me un dolore fortissimo, che però non aveva a che fare con la ferita.

Non ero mai tornato a casa così presto, nei giorni di ferie, e sulla soglia provai uno strano imbarazzo, anzi la paura che mi si ripresentasse agli occhi la replica della scena di due giorni prima. Perciò esitai davanti alla scoraggiante barriera della porta chiusa, terrorizzato di precipitare nel freddo di un vuoto d'illusioni.

Per fortuna lei c'era. Sentì il campanello e arrivò di corsa, fermandosi nell'atrio per infilarsi le pantofole. Accese la lucina esterna e davanti alla porta chiese un *chi è? Chi è?* con un tono che mi rattristò. Ovviamente le risposi, ma con la voce di chi è in preda a un dolore acuto, così bassa che ne fui spaventato io stesso. Mi resi conto che non dovevo comportarmi così e con un paio di colpi di tosse aspettai che mi aprisse.

Lei recuperò subito il suo tono cristallino e mi abbracciò come sempre, cancellando la distanza creata da quella telefonata. La seguii all'interno. Sul tavolo c'erano una ciotola e un piatto con gli avanzi del mezzogiorno. Evidentemente stava consumando una cena raffazzonata, come al solito, ma la sua mente era altrove, sulle foto sparse sul tavolo. Non aveva neppure acceso la sua amata TV.

«Vai a lavarti, che ti preparo qualcosa».

Si era dimenticata un particolare. O, meglio, non era più lei.

Non ero riuscito a farle una bella sorpresa.

Per lei era la prima volta che tornavo a quell'ora e senza preavviso, ma si comportava come se fosse del tutto normale.

Tirò fuori dal frigo delle verdure e aprì il rubinetto per lavarle. Lo scroscio dell'acqua era forte, impaziente di togliere ogni minimo residuo di terra. Guardandola da dietro, notai che aveva i capelli in disordine, con le punte che si arricciavano leggermente sotto le orecchie e qualche ciuffo fuori posto. Mi girai verso l'angolo dove tenevamo le provviste, ma non trovai niente da cui dedurre che fosse andata in visita dai suoi, nessuno degli ortaggi o dei legumi che le davano quando non era la stagione del bambù. Non era lì, dunque, che era andata due giorni prima, perciò questa possibilità che prima non avevo considerato era già esclusa.

Ma dove altro poteva essere andata, Qiuzi?

Mentre la pentola bolliva sul fornello, si ricordò improvvisamente delle foto e, dopo essersi asciugata le mani, andò a infilarle in una busta, quasi volesse nascondere qualcosa, comportandosi in modo ben diverso da quando, come al solito, non vedeva l'ora di mostrarmi i suoi nuovi scatti, con un misto di orgoglio e imbarazzo. Sbirciando, intravidi foto di picchi solitari e grandi montagne che parevano appena uscite dalla camera oscura e che mi sembravano riflettere, sulla loro carta lucida, la luce delle stelle di quella notte in cui non avevo trovato Qiuzi.

Perciò tesi una mano perché me le mostrasse.

Lei esitò, rigida, dubbiosa, poi me le diede e andò di là.

Erano una quantità enorme di paesaggi che ricordavano il verso "Sulle mille cime si dilegua degli uccelli il volo"[4], un mare di nuvole su una natura selvaggia e incontaminata, uno scenario da sogno così recondito e secluso che non solo noi due insieme non avevamo mai visto, ma che non capitava di vedere neppure a me lassù in montagna. Una foresta di abeti in alta quota, lussureggiante nel freddo pungente, un pino solitario sulla cima di una rupe che protendeva fin dentro le nuvole i meravigliosi rami contorti: persino questo aveva immortalato, Qiuzi.

Una volta varcati i confini angusti della sua routine, si era spinta troppo oltre.

Speravo che mi dicesse qualcosa, qualsiasi cosa, aspettavo che si appoggiasse alle mie spalle e indicasse questo o quello raccontandomi come un tempo, felice e agitata insieme, che qui le era scivolato il dito mentre scattava, o che

4. Da *Neve sul fiume*, poesia di Liu Zongyuan (773-819), scrittore della dinastia Tang. (*N.d.T.*)

là era entrato all'improvviso qualcuno nell'inquadratura: «E spostati, dai! E così, per l'agitazione ho premuto l'otturatore troppo presto...»

Naturalmente avrei voluto sapere i particolari, volevo un resoconto sincero che fugasse i miei sospetti. Per esempio: dov'erano quelle montagne, quante persone avevano partecipato all'escursione, il posto era così lontano da non poter ritornare a casa in giornata?... E poi, Luo Yiming era in ferie quel giorno...?

Non la vedevo più, Qiuzi, benché ce l'avessi davanti. Era come se non fosse mai tornata a casa. Restai a lungo sotto la doccia e quando uscii dal bagno la buttai sul letto, eppure non l'avevo ancora trovata. Oltre al pigiama indossava la vestaglia e i pantaloni della tuta di cotone che usava per correre le mattine d'inverno: di scoperto aveva solo la faccia. Tirai con forza l'orlo della vestaglia, ma più diventavo impaziente più lei s'irrigidiva, come se il suo corpo fosse stato contaminato da qualcuno e il sangue le si fosse congelato nel ricordo del terrore.

Le tolsi l'involucro, come se stessi aprendo un pacco.

Senza badare alle sue resistenze le strappai le spalline fino a denudarle il tronco, per poi fermarmi impietrito quando mi apparve davanti agli occhi, tremante, il suo seno ferito. Non era mai andata così tra noi. Io quel seno l'avevo sempre protetto, anche nei momenti in cui non riusciva a nascondersi mentre noi, nudi, ci rotolavamo nel piacere. Lo tenevo sempre d'occhio, conscio com'ero del dolore che portava in sé, per amore e per compassione.

E adesso l'avevo terrorizzato.

Lei smise di lottare e restò lì sdraiata, tranquilla sotto la luce bianca del lampadario che le illuminava la pelle nuda. Si dimenticò di nasconderlo, o forse di nasconderlo non aveva più voglia. La ferita era stesa accanto a lei come una bambina innocente, sembravano madre e figlia, sole, in attesa che la mia furia si placasse.

Poi basta. M'infilai il pigiama e mi sdraiai, mentre lei si

tirava il lenzuolo fin sopra la bocca, lasciando fuori soltanto gli occhi pieni di lacrime.

Non mi ero reso conto che quel momento aveva cambiato tutto. Non so quanto mi ci volle per scivolare in un sonno agitato, ma doveva essere molto tardi, quasi l'alba. La sentii muoversi silenziosamente nel buio, facendo un rumore così tenue che non sembrava neppure un rumore, come una cerniera che chiude piano un pezzettino ogni dieci secondi, come un batuffolo di cotone che vola nell'aria. Poi uscì in punta di piedi dalla camera; con la stessa tranquillità di quando la mattina andava a comprare il latte di soia, aprì la porta d'ingresso e l'accostò pian piano dietro di sé, lasciandomi in lacrime e in balìa di uno stato confusionale.

11.

L'ultima immagine che ho di Qiuzi è la sagoma che vidi quella notte.

Pensavo fosse semplicemente andata a farsi un giro nel parco per poi fermarsi in un bar ad aspettare che sfornassero le focacce per la colazione. Oppure che si fosse seduta al tavolo di uno di quei minimarket sempre aperti per scrivermi una lettera con una confessione o una difesa, che mi avrebbe dato di soppiatto la mattina, o il pomeriggio, o la sera, mettendola sul nostro tavolo di sposini, o infilandola nel libro che stavo leggendo. Oppure l'avrei trovata accanto al letto, voltando casualmente la testa.

A un certo punto però dovetti assolutamente correre a prendere il treno diretto a nord, quindi le lasciai un biglietto sul tavolo. Arrivato in montagna le telefonai dalla notte alla mattina successiva, finché il suono del telefono che squillava a vuoto divenne un'allucinazione che mi trafiggeva il cuore. Lo sentivo echeggiare dentro e fuori la stanza, ovunque, come dei passi concitati che non riuscivo a fermare.

Il giorno dopo mi ritrovai con due sole alternative. La

prima era il fiorista, ma Qiuzi non era andata al lavoro. La seconda, e ultima, era la sua famiglia, dov'ero convinto che l'avrei trovata. Mi rispose suo padre che quasi non riconobbe la mia voce. Stupito del fatto che all'improvviso avessi pensato a loro, non smetteva di chiedermi se stavamo bene e se avevamo intenzione di andare a trovarli. Non sapevo cosa rispondergli, balbettavo esitante non osando dirgli che la loro Qiuzi, la nostra Qiuzi, era sparita.

Dopo cinque giorni di tormento, il solito treno notturno mi riportò a casa. Suonai il campanello, sperando in un miracolo e sentendomi come se fosse trascorsa una vita intera. Rimasi a lungo davanti alla porta, per darle tutto il tempo possibile, immaginando che stesse uscendo dalla doccia o di averla svegliata e che quindi stesse venendo ad aprire mettendosi addosso qualcosa. Alla fine tirai fuori le chiavi e mi convinsi che il buio era buio e che nessuno avrebbe più acceso la luce per me. Fui travolto da quell'oscurità silenziosa e impetuosa come una marea che mi arrivò fino al naso, impedendomi persino di piangere.

La mia vita divenne sempre più squallida. Il tempo scorreva veloce e lento insieme: veloce come un incubo che svanisce di colpo appena ti svegli, lento come in una trance mortale. Non mi restò che buttarmi a capofitto nel lavoro, anche perché il cantiere lassù in montagna era inarrestabile. Da un momento all'altro poteva arrivare la pioggia da nordovest e un solo scroscio sarebbe bastato a trasformare il terreno in una massa d'acqua fangosa che il sistema di drenaggio non sarebbe riuscito a smaltire, con conseguente smantellamento del pendio appena ridisegnato.

Verso la fine dell'estate, il clan Mada organizzò un pranzo all'aperto, all'ombra degli alberi. Gli adulti erano seduti a un tavolo, mentre i bambini correvano dappertutto a caccia delle cicale che riempivano del loro canto triste l'intera montagna, ma che tacevano dopo due trilli non appena venivano rinchiuse nei vasetti di vetro. Il mio capo, che si era assunto la responsabilità della festa, dirigeva il servizio in tavola, incaricandosi personalmente di distribuire gli spiedini tra gli ospiti, chiamando affabilmente i fratelli per nome, come se fossero parenti venuti da lontano dopo tanti anni per una riunione di famiglia.

Io avevo il compito di occuparmi degli alcolici. Dopo il primo bicchiere la conversazione si animò.

«Ho sentito dire che la SARS ha avuto un effetto equiparabile a quello del terremoto, sono tanti i cantieri che hanno chiuso in città».

«La gente ha paura, non mi risulta che nessuno firmi un contratto con la mascherina».

«E noi cosa facciamo? Aspettiamo o rispettiamo le scadenze previste?»

«Se facciamo un altro buco nell'acqua, questo terreno è finito».

«Fratello numero 8, com'è che ogni volta che hai in mano un progetto arriva una calamità?»

Lui si versò del vino e lo scolò, poi schioccò la lingua e si morse il labbro inferiore, con lo sguardo fisso sul bordo del bicchiere e le pupille sempre più dilatate. Conoscevo bene quell'espressione e sapevo che gli stava montando la rabbia, ma per fortuna riuscì a dominarla. Quando rilassò la bocca, il labbro inferiore era bianco, segno evidente della sua lotta interiore. Aveva capito che portare i fratelli dalla sua parte era più difficile che catturare un uccello in volo e non sarebbe stato saggio rovinare d'impulso una così rara occasione di stare insieme.

Quando mi chiamò perché lo seguissi fuori dal boschetto aveva un'espressione triste. Aprendosi la patta per pisciare, rivolto verso una montagna lontana, mi disse sbuffando: «Tieni d'occhio il responsabile del tempio, sembra di nuovo impaziente di vendere tutto; se qualcuno gli dà corda siamo spacciati. Va' a fare quattro chiacchiere con lui e cerca di capire che cos'ha in mente. La SARS mica l'ho portata io, che vada a vendere il suo tempio! 'Sto maledetto santerello che mugugna litanie buddiste tutto il giorno, in realtà pensa solo ai soldi! Senza peraltro considerare che in questo periodo di panico si vende a prezzi di merda!»

«Devo pensarci un attimo, al momento non saprei cosa dirgli».

«Sei tu l'autore della proposta, fai di tutto per convincerlo della tua idea, oppure digli di andare in mare a pescare: chissà che non becchi proprio un marlin, quel figlio di puttana, peggio di una barca rotta!» Vedendomi depresso aggiunse, tirandosi su la cerniera: «Comunque non c'è fretta, intanto prenditi un po' di ferie e vai, non serve a una minchia continuare a telefonarle. O denunci la scomparsa o vai a cercarla. Prendi pure la mia macchina e vai anche fino in Africa, se serve!»

Intanto il pranzo all'aperto continuava. Lui tornò a sedersi e raccontò qualche barzelletta che suscitò gli squittii divertiti delle varie dame, mogli dei suoi fratelli.

Senza perdere un secondo salii sul SUV del capo, lasciando che la mia fantasia mi indicasse in che direzione andare. Partii dalla costa nord e arrivai fino a Jinguashi, immaginandomi che Qiuzi fosse nascosta in qualche lontano angolo sul mare, dal quale guardava ogni giorno la montagna dove io lavoravo. Scendevo lungo la costa, inseguendo il rumore delle onde che lei amava tanto, senza smettere di ricordarla seduta sul mio scooter con la macchina fotografica tra le mani e l'occhio pronto dietro il mirino prima ancora che arrivassimo alla riva. In tutto quel tempo non l'avevo mai portata a vedere una spiaggia vera, ma solo grandi spianate di massi frangiflutti di cemento e di tutti i tramonti che avrebbe voluto fotografare le riusciva di catturare solo qualche serale bagliore giallastro.

Non trovavo una sola ragione per odiarla.

Dovetti guidare fino alla costa orientale per rendermi conto che nessuno avrebbe mai potuto rifugiarsi in un posto così battuto dalle onde. Avevo finalmente davanti agli occhi una spiaggia al tramonto, ma Qiuzi non poteva vederla e il mare, se lei non poteva vederlo, era ancora mare?

Procedetti a velocità sostenuta lungo la strada che costeggiava la scogliera di Qingshui, ma dovetti fermarmi perché il ripido dislivello mi scombussolò al punto che scesi dall'auto e m'accucciai lungo la strada per vomitare. Ero così depresso che una volta arrivato a Hualian decisi di abbandonare la costa e di passare invece per le cittadine dell'interno, immaginandomi quella ricerca come un gioco tra me e Qiuzi: si era semplicemente nascosta per spaventarmi e a furia di percorrere tutte quelle strade e stradine prima o poi ci saremmo ritrovati. Se poi per caso le fossi passato vicino senza vederla, non avrebbe resistito e sarebbe saltata fuori gridando: «Ehi, torna indietro, sono qui!»

Sentivo la sua voce a ogni incrocio e mi girava la testa.

Fu un viaggio del tutto inutile. Quando tornai a casa, mi resi conto che era passata una settimana. Nella cassetta della posta trovai una lettera della banca che mi gettò nel panico al punto che non riuscii ad aprirla subito. La portai in cucina, prima la posai sul tavolo, poi la sollevai contro la luce della lampada: probabilmente si trattava di una comunicazione ordinaria, ma mi aveva fatto venire in mente Luo Yiming e fui sopraffatto da un'ondata di fitte di un dolore profondo e intenso. Quando finalmente aprii la busta, trovai soltanto un sollecito per il pagamento degli interessi.

Il che mi fece rammentare con sgomento che, guarda caso, Qiuzi se n'era andata poco dopo che era stato approvato il prestito di tre milioni…

Le foto di quel giorno erano ancora sul tavolo, com'era rimasta dentro l'armadio la macchina fotografica cui lei teneva tanto. Qiuzi doveva aver deciso di non portare con sé queste cose che erano state l'origine di una tragedia. Me le aveva lasciate come indizio per continuare la mia ricerca? Ero già andato tre volte a casa Luo, dove mi ero attardato tutto il giorno girando nei paraggi, in attesa. Una volta l'avevo visto portare fuori la spazzatura e un'altra mentre chiudeva a chiave il cancello dopo una breve permanenza.

Le foto mi terrorizzavano, ma decisi di esaminarle nei

minimi dettagli. Quella sera non avevo avuto il tempo di fare i complimenti a Qiuzi e ormai era troppo tardi, ma dovevo ammettere che aveva fatto passi da gigante e a un profano come me sembravano foto perfette. Certo, accanto al mirino c'era un segreto, un altro paio d'occhi che la aiutavano a guardare. Doveva avergliele indicate lui, le nuvole, mostrandole il contrasto con le montagne, lui le aveva insegnato a catturare la meraviglia dei gigli selvatici e certamente si era fatto in quattro per quel meraviglioso pino solitario sotto la roccia, magari piegandosi sulle gambe aperte per sussurrarle in un orecchio i suoi consigli.

Forse avevo trovato il posto dove Qiuzi era scesa dalla macchina quel giorno. In una foto si vedeva da lontano l'entrata di un punto panoramico piuttosto ampio dove, nascosto tra gli alberi, spuntava un cartello stradale. Corsi a comprare una lente d'ingrandimento e finalmente quei caratteri tremanti trovarono il coraggio di rivelarmi un nome: TA TA JIA.

12.

Andai dunque a Tatajia. Alle tre del pomeriggio si alzò la nebbia e una pioggerellina fine scacciò pian piano dalla strada anche i turisti muniti d'ombrello. Evidentemente Qiuzi era arrivata al valico di mattina, l'unico momento in cui il cielo è limpido, riuscendo così a fotografare tutta la catena di montagne.

E poi cos'aveva fatto, una volta arrivata la nebbia? Che motivo aveva avuto di fermarsi lì? Qualcuno l'aveva trattenuta? O forse era scesa dalla montagna e dirigendosi verso Shuili era passata da Dongpu; avevo visto che si poteva fare quando avevo studiato il percorso prima di salire. In quella zona la gente si mette lungo la strada per attirare i turisti nelle varie pensioncine familiari sparse su meravigliosi sentieri di montagna. Lui avrà imboccato il viottolo che porta alle terme e avrà tolto la chiave dalla macchina, lasciando di colpo Qiuzi disorientata, confusa, incapace di ritrovare la via di casa.

Dopo quel viaggio a Tatajia, non mi restava che arrivare in fondo alla buia strada della morte.

Ci provai più volte. Durante la pausa pranzo, al cantiere, prendevo un machete per farmi largo tra rovi e arbusti e da dietro il centro riunioni temporaneo raggiungevo il torrente a metà montagna. Da lì risalivo verso la sorgente e mi buttavo nella cascata, lasciandomi trasportare dall'acqua come un cadavere fino alla profonda pozza che c'era a valle. Forse non era la mia ora, visto che morire era così difficile: il corpo s'incastrava tra le pietre lungo il corso, non c'era verso di farsi trascinare dall'acqua come una foglia secca o un cane che affoghi in un abisso. Non potevo che continuare a provarci, buttandomi nelle rapide come un tuffatore principiante, agitando disperatamente mani e piedi nel tentativo di andare a fondo, con l'obiettivo di sperimentare davvero la morte per annegamento.

Purtroppo, nel momento in cui stava per succedere, riuscivo sempre a riemergere, dopo aver bevuto troppa acqua. C'era una forza misteriosa che mi spingeva con una violenza brutale. Poi lo vidi, quell'uomo emerso improvvisamente dalle onde come se il suo fantasma si fosse impadronito di tutte le acque del pianeta, con il volto gonfio e di un pallore spettrale e gli occhi, mangiucchiati dai pesci, che mi fissavano.

Trascorsi così l'autunno, un'ombra tornata dalla morte, un morto che camminava nella notte infinita.

Il mercato continuava a stagnare. Tranne il mio capo, nessuno parlava più de "Il vecchio e il mare" e anch'io mi auguravo che il vecchio pescatore non tornasse più. Se lottando si mette fine a una tragedia o se dopo la tragedia si può rinascere, a che punto ero io? All'inizio? A metà? Sarei stato in grado di arrivare alla fine? Se non avessi più avuto notizie da Qiuzi, che senso avrebbe avuto una rinascita senza di lei?

No, al fondo non ero ancora arrivato. Ci pensò il cielo a giocarmi un altro dei suoi scherzi, stavolta con un messaggio molto chiaro.

Accadde una sera.

Approfittai di un passaggio sull'auto del capo fino alla stazione degli autobus perché volevo tornare a casa a prendermi dei vestiti invernali. Lui aveva una cena, quella sera, perciò mi diede delle istruzioni e se ne andò di fretta. Prima che arrivasse l'autobus, mi accostò un taxi da cui scesero due ragazzi. Mi chiesero se volessi salire e poi mi spinsero sul sedile posteriore senza darmi il tempo di rispondere.

Estrassero due pistole, puntandomene una sotto il braccio e l'altra all'addome. Non riuscivo a vederli in faccia, ma sentivo le loro voci minacciose che m'intimavano di non fare resistenza. «Avete sbagliato persona» dissi loro.

Picchiandomi due volte sulle costole col calcio della pistola, il più grosso dei due berciò: «Parla solo se sei interrogato».

Mi svuotarono le tasche e visto il contenuto del mio portafogli il più piccolo sbuffò.

Intervenne quello alla guida: «Bruciamo pure lui? Come quello dell'altra volta...»

«Diamogli una possibilità» replicò quello grosso a voce bassa. Poi si rivolse a me: «Dove stavi andando?»

E intanto mi arrivò un pugno dritto ai polmoni, prima che potessi rispondere.

«Neanche un bancomat, eh? Come facciamo? Tira fuori in fretta il nome di qualcuno a Taipei che possa aiutarti, digli che sei stato rapito da tre uomini e che se è tuo amico ci porti i soldi».

«Oppure telefona a casa e di' ai tuoi di prepararli».

«E non inventarti che non sei sposato!»

Parlavano a turno, io scelsi di rimanere in silenzio ma mi riempirono di pugni. Me ne arrivò uno sotto il mento che mi fece piantare i denti nel labbro, poi una mano mi schiacciò la faccia contro le ginocchia. A quel punto si calmarono e cominciarono a bisbigliare tra loro nel gergo della malavita, finché il più grosso mi disse: «Non credere che prendiamo la gente a caso, sappiamo cosa vogliamo e se ci capita tra le mani un coniglio che se la fa addosso, lo facciamo fuori subito. Ma per te, fratello, è diverso: sei appena sceso da una Mercedes e te la meriti, la tua sfortuna. Non pensare di infinocchiarci fingendo di non avere soldi: possiamo stare qui fino a domattina, di tempo ne abbiamo».

Anche se avessi voluto rispondere, avevo la bocca schiacciata contro le ginocchia. Il sangue che mi colava dalle gengive aveva cominciato a seccarsi, ma ci pensò una gomitata a ripristinare il flusso e la bocca mi si riempì di nuovo di liquido viscoso.

Il taxi procedeva nella notte a velocità costante e capii che stavano facendo un giro molto largo.

Non sapevo cosa aspettarmi e vedevo tutto nero, come nero era quel che avevo davanti agli occhi: le mie scarpe e il tappetino sotto di esse. Mi chiedevo perché fosse capitato a me, ma nello stesso tempo non avrei saputo dire perché non dovesse capitare a me. Per non soffocare, ero riuscito ad aprirmi una fessura all'angolo della bocca. A ogni respiro il vapore umido mi s'incollava sulle ginocchia. Doveva essere molto tardi ma l'alba era ancora lontana. Tutto questo soltanto perché avevo voluto andare a casa a prendermi qualche abito invernale.

A fatica inarcai la schiena e riuscii ad aprire la bocca quel tanto per dire: «Portatemi a casa».

Questo suscitò l'ilarità dei tre, ma la risata si fermò poi bruscamente, spegnendosi con una nota fredda e inquietante.

Parlò finalmente il piccoletto, seduto alla mia destra: «Potremmo anche provarci».

«Cioè?»

«È lucido e mi pare sincero, non credo che ci stia fregando».

«Allora lascialo in pace, dagli dell'acqua e scopri dove abita».

Gli diedi l'indirizzo che era ad almeno cento chilometri di distanza, ma non fecero una piega: girarono il taxi e ripartimmo a tutta velocità. Quello al volante accese la radio sul canale dedicato al traffico: c'era un piccolo incidente all'altezza di Xinzhu, ma lo stavano già risolvendo.

«Che cos'hai in casa?» chiese il piccoletto.

«Devo avere dei soldi nel cassetto e anche una macchina fotografica».

«Ma è vero che la tua donna non c'è?»

«Piantala con le domande! Digli che noi chi vediamo lo ammazziamo e lasciami dormire».

E fu così che arrivammo a Taizhong.

Decisero che sarebbe stato il piccoletto a scortarmi in casa. Quando entrai, l'orologio a muro indicava le tre e cinque minuti. Andai in bagno a lavarmi la faccia con la sua pistola puntata alla schiena. Aveva già la macchina fotografica di Qiuzi a tracolla.

«Una volta che non ho trovato soldi mio fratello mi ha chiuso in un sacco di iuta per cinque giorni, senza darmi da mangiare. Perciò dimmi com'è che nel cassetto ce ne sono solo 5000, o me la vedrò brutta» disse il piccoletto continuando a rovistare dappertutto, finché alla fine pescò un libretto bancario e il timbro registrato per le operazioni, di cui ignoravo l'esistenza.

Prima di uscire mi fece mettere le scarpe di tela e lasciò la macchina fotografica sul tavolo: «Cammina senza far rumore, altrimenti ti sparo. E poi, visto che ho trovato il libretto, ti lascio la macchina fotografica: mio fratello le odia, perché fotografano le prove».

«Vorrei chiederti un favore» dissi io.

«Ti lasceremo libero, mio fratello è un uomo d'onore, la mantiene, la parola».

«Non succederà niente, non preoccuparti. Mi giro di spalle per non vedere e tu mi spari».

Impietrito, abbassò gli occhi evitando di guardarmi: «Non posso deciderle io, queste cose...»

Tornammo nel taxi. Quando vide il libretto bancario, il fratello maggiore, quello grosso, commentò: «Hai detto che abbiamo sbagliato persona, ma per noi uno con tre milioni è il dio della fortuna! Adesso dormi, noi staremo in silenzio. La banca apre alle nove e alle nove e dieci saremo allo sportello. Piccoletto, lo accompagnerai tu. Non ti facevo così in gamba!»

Il piccoletto m'infilò in bocca la cannuccia di una bibita e subito dopo stava già russando, mentre quello grosso si addormentava con la testa girata di lato. La macchina scivolò sotto l'ombra di alcuni alberi e si fermò. Adesso mi avrebbe tenuto d'occhio l'autista, che infatti spense il motore e appoggiò il gomito sul cruscotto puntandomi contro la pistola.

Spaccammo il minuto. Il piccoletto salì con me le scale della banca, tenendo la pistola, nascosta sotto la giacca, contro il mio fianco, mentre gli altri due facevano da palo seduti in macchina, armi in mano, guardandoci dal finestrino. Arrivammo allo sportello e intanto che l'impiegata controllava timbro e libretto, un uomo si alzò dal tavolo del direttore accostato alla parete in fondo alla stanza.

Finalmente lo vidi.

Mi fece cenno con la mano di raggiungerlo al divanetto riservato ai clienti. Barcollai per andargli incontro, ma mi fermai subito perché il piccoletto mi premette contro la pistola. Continuai quindi a camminare obbedendo agli ordini dell'arma nascosta.

Era tanto che non lo incontravo, il nostro affabile Luo Yiming, sempre con quell'aria onesta e perbene, camicia bianca e cravatta blu in perfetto stile gentleman. Io invece, oltre all'aria esausta per quella nottata insonne, avevo il colletto sporco di sangue, la giacchetta stazzonata per la posizione in cui ero stato costretto, delle strane scarpe di tela bianche che c'entravano poco con i pantaloni neri, la barba lunga e lo sguardo offuscato.

Lui naturalmente notò tutti questi particolari e per un

attimo si bloccò fissandomi esterrefatto, forse scioccato, per poi ricomporsi subito. Pensavo che cercasse di mantenere la calma per fare qualcosa, lanciare un'occhiata di sottecchi alla guardia poco lontana per dare l'allarme, o intavolare una qualche conversazione col mio compare: sarebbe bastato che il piccoletto aprisse bocca per capire che c'era qualcosa che non quadrava, oltre a guadagnare tempo per liberarmi.

Non fece niente di tutto questo. Rinunciò. Se anche aveva avvertito qualcosa, sembrava che avesse deciso di non agire. Lo vidi sedersi appoggiandosi con fare distinto allo schienale, mentre la sua espressione di colpo si rilassava. Mi offrì una tazza di tè accarezzandosi il mento, finché l'impiegata tornò con un mucchio di mazzette di banconote. Quando venne il momento di accomiatarsi, mi guardò con indifferenza e si alzò in piedi.

13.

Appena ottenuto il bottino, i miei rapitori si dileguarono verso sud, lasciandomi in un cimitero desolato.

Mi trovai tra le tombe, in un boschetto di bambù. Scesi barcollando lungo un pendio finché sbucai in un quartiere industriale. Arrancai fino a un palo della luce per cercare di fermare una macchina, ma la strada, deserta, era battuta solo da un vento gelido che mi colpiva in faccia. Le mie grida d'aiuto risuonavano con un'intensità sovraumana, come se fossero fuse con quelle di Qiuzi e le nostre voci si sgolassero insieme rivolgendosi a chiunque, tranne che a Luo Yiming.

Non riuscivo a dimenticare l'indifferenza con cui mi aveva guardato, lui, una persona che avevo stimato, ma che nel momento critico mi aveva abbandonato al mio destino. Ai miei occhi questa era la dimostrazione che Luo Yiming era davvero colpevole e per questo non voleva che continuassi a vivere.

Ma come potevo non vivere?

Era già sera quando arrivai in montagna. Giustificai il giorno d'assenza adducendo la banale scusa che mi ero dimenticato una borsa in treno. Qiuzi era stata violata, questa per me era l'unica verità che Luo Yiming aveva confessato con la sua indifferenza. Non m'importava di inseguire i miei tre rapinatori, quel che mi premeva era trovare qualcuno con cui parlare, per dirgli che ero tornato, che avevo smesso di disprezzare la vita e soprattutto che ero riuscito a superare quella fase particolarmente cupa e dolorosa della mia esistenza.

Volevo rialzarmi, rimettermi in piedi, ma mi accorsi di aver perso una capacità fondamentale: prima riuscivo sempre a far comparire nella mia mente l'immagine di Qiuzi, mentre adesso per evocarla dovevo concentrarmi a lungo e mettere insieme una serie di ricordi. Dovevo partire dal nome, poi pensare alle sue fossette per figurarmi finalmente il volto, oppure ricordare i nostri corpi avvinghiati sul letto o la ferita nascosta vicino al seno…

Mi ricordavo parti del suo corpo, ma mi ero dimenticato di lei.

Tutto preso dallo sforzo di vederla, cominciai a non essere più in grado di parlare con gli altri, ero sempre distratto e sovrappensiero, perché ero perennemente concentrato su una porta del mio cervello, preoccupato che lei entrasse senza che io me ne accorgessi, o che non riuscisse a entrare e io dovessi aspettare invano.

Il mio capo si accorse di questo problema e mi disse che non era grave, era una cosa naturale. «Nella casa nuova, ti ricordi ancora la vasca da bagno della casa vecchia?»

Pensai di portare sempre con me una sua foto così potevo tirarla fuori ogni volta che volevo ricordare il suo aspetto, ma se la donna che ami ce l'hai soltanto in tasca, non vuol dire che ormai l'hai persa?

Mi trascinai così fino all'inverno, lavorando sempre fino a notte fonda. Redassi finalmente il progetto della mia proposta, con note sui primi studi relativi alla riqualificazione ecologica e una sintesi della situazione del mercato dopo l'inizio della SARS. Poi scelsi il giorno della riunione di fine anno per chiedere un favore al mio capo. Quel pomeriggio mi ero di colpo sentito molto agitato, e mentre gli consegnavo il rapporto gli dissi: «Un giorno siamo andati in un negozio di elettronica, al piano di sopra c'era un club...»

«Come potrei dimenticarlo? Mi spiace soltanto di non ricordarmele tutte, quelle donne».

«Stasera potremmo cenare insieme, poi lei mi accompagna là, cosa ne dice?»

«Avresti dovuto chiedermelo anche prima. Un uomo prima o poi si pente delle cose che non ha fatto».

«Sento che è arrivato il momento, deve essere questa sera...»

Arrivammo al club molto presto e c'erano pochi clienti. Tra le donne già sedute in attesa nei séparé dalle pareti trasparenti, una giocherellava annoiata con i capelli, un'altra soffiava sulle unghie per asciugarne lo smalto e una, con la testa piegata di lato come un piccione, osservava i tetti fuori dalla finestra. Ma quella che cercavo io non c'era. Aiutandomi con i gesti spiegai al cameriere che era alta, pallida e magra in volto, con i capelli buttati tutti sulla spalla destra. «Ho capito chi intende» mi sussurrò lui, «ma non la si vede da un po', in effetti non era molto richiesta».

Poi aggiunse: «Mi creda, quella con l'impermeabile nero non è male, quella là che si è alzata in piedi adesso, proprio lei. Se non è convinto, vada fuori sul pianerottolo che gliela mando. Si aprirà l'impermeabile e potrà giudicare lei stesso, perché sotto non indossa niente».

«Non sono venuto per quello».

«Non mi dirà che è venuto qui a cercar moglie!»

Forse l'avevo ferito, perché adesso mi parlava in tono freddo e quando tornò al bancone a telefonare mi parve addirittura insofferente. Ma dopo circa mezz'ora la porticina più interna del locale si aprì senza rumore e comparve lei. Era vestita in modo normale, probabilmente perché era uscita di fretta, ma portava ancora i capelli sulla spalla destra. Aveva un'espressione esitante mentre guardava timidamente l'angolo che il cameriere le indicava, come se fosse curiosa di sapere chi mai fosse il cliente che aveva chiesto di lei. Probabilmente era da tanto che non aveva richieste.

«Le costerà» mi disse il cameriere che poi mi sussurrò all'orecchio il prezzo con una certa apprensione. Gli sussurrai di rimando che non m'importava, che ero disposto a mangiare solo panini al vapore tutti i giorni, dal mese seguente. La sua freddezza si stemperò in uno sguardo che lasciava trasparire una certa accorata comprensione, poi si girò di colpo e le ordinò di prendere la borsa e uscire con me.

Insieme lasciammo il club e imboccammo un vicolo, lei davanti a me. Camminava saltellando, concentrata a evitare le pozzanghere, e io la seguivo fermandomi ogni tanto per darle tempo. Probabilmente avrei dovuto prenderla per mano, ma abbandonai l'idea, temendo che lo percepisse come un gesto ambiguo. Avrei anche voluto chiederle come si chiamava, ma lasciai perdere pure questo. Mi aveva sorriso, prima di uscire, e ora mi stupiva vedere che invece il suo volto diventava sempre più duro, come se volesse mettere bene in chiaro i termini della nostra transazione: il corpo era in vendita, i sentimenti no, se li teneva lei. E infatti non aprì bocca per tutto il tragitto.

Ovviamente aveva frainteso. Io volevo solo trovare un caffè dove passare un paio d'ore seduto davanti a lei, niente di più. Benché ognuno di noi sia unico, io, non avendo più Qiuzi, mi ritrovavo a spendere i miei soldi per cercarne un surrogato. Lei era quasi il ritratto di Qiuzi, ma ora, con quella faccia dura su cui affiorava al massimo un sorriso forzato di convenienza, la somiglianza stava sparendo come se avesse indossato una maschera.

Da parte mia, ero turbato perché non capivo come mai avesse cominciato improvvisamente a piovere. Nei ricordi legati a Qiuzi pioveva spesso, la pioggia aveva accompagnato i momenti più significativi della nostra vita. E anche in questo, allora, lei assomigliava a Qiuzi, perché anche lei era arrivata con la pioggia. Quante altre cose di Qiuzi aveva in sé quella donna? Dentro di me non vedevo l'ora di scoprirlo.

Così magra e malvestita com'era, a vederla da dietro non valeva certo il prezzo richiesto. La borsa sembrava acquistata a una bancarella e gli stivali, ora bagnati dalla pioggia, non valevano niente. Ma quando arrivammo all'entrata dell'hotel fui assalito da una consolazione un po' meschina: ma sì, altro che caffè! Forse avrei trovato in lei altre cose di Qiuzi, oltre alla faccia! Cara? Macché! Sarebbe valsa il prezzo anche se le fosse somigliata solo al trenta per cento.

14.

Se al mio posto ci fosse stato il mio capo, si sarebbe infilato nella doccia appena messo piede nella stanza, avrebbe aperto l'acqua al massimo e intonato, nel fragore del getto, *We are the world* con la voce di Pavarotti. Ne sarebbe riemerso nudo e avrebbe gettato la donna sul letto come se stesse catturando un uccellino.

Per me era la prima volta in una stanza come quella.

Per nascondere la mia inesperienza le presi la mano e me la posai sul ginocchio, carezzandola piano. Le dita pallide e affusolate uscivano da un polsino che non resistetti all'impulso di sbottonare.

Ma lei non gradì e ritirò subito la mano, preferendo levarsi gli stivali. Poi si girò per togliersi la giacca. Se non l'avessi fermata, me la sarei ritrovata davanti nuda dalla testa ai piedi, ma non ero ancora pronto: davvero non ero venuto per quello.

Le dissi che, se non si offendeva, avrei voluto spegnere tutte le luci e godere per un attimo dell'oscurità della stanza.

«Non avrai intenzione di spaventarmi!»

«No, assolutamente. Penso soltanto che forse così sarà più divertente».

Lei mi guardò, anzi, mi scrutò e, sorpresa ma anche contenta della proposta, addirittura timorosa che cambiassi idea, annuì energicamente con un guizzo d'allegria negli occhi. «Adesso?» mi chiese alzandosi e andando verso l'interruttore vicino alla porta. Quindi mi guardò con un sorriso malizioso e le luci della stanza, seguendo i suoi passi, si spensero una dopo l'altra. L'ultima, la lampada da tavolo vicino al divano dov'ero seduto, la spensi io e finalmente scomparimmo insieme nell'oscurità.

«Posso accendere intanto che faccio la doccia?» mi chiese sottovoce.

Annuii, ma rendendomi conto che non poteva vedermi mi affrettai a mugugnare un assenso. Lei cominciò a muoversi a tentoni. Dopo aver preso la borsa dalla sedia, si alzò e mi passò lentamente vicino alle ginocchia, sfiorò le lenzuola, arrivò alla maniglia della porta del bagno e accese la luce all'interno.

«Perché vuoi fare così? Si perde un sacco di tempo!»

Non avevo ancora risposto che lei si chiuse in bagno e la stanza ripiombò nel buio. Si sentivano soltanto gli spruzzi della doccia contro il vetro, che mi ricordavano il rumore dell'acqua nei tubi dei vicini a notte fonda. Tra quei suoni intermittenti la sentii canticchiare un motivo vivace le cui ultime note salivano e scendevano come bolle di schiuma. Ripensando al broncio che aveva prima, mi chiesi come mai le fosse venuta voglia di cantare, che cosa l'avesse ispirata. O forse la divertiva il solo fatto di aver spento tutte le luci.

Eravamo vicini all'ultimo dell'anno e per strada c'era ancora movimento. Passò un ambulante che vendeva patate dolci arrostite, poi fu la volta di un furgone che gracchiava una pubblicità di capi d'abbigliamento. Anche nella stanza si mosse qualcosa: la porta del bagno s'aprì piano piano e lei uscì con delle ciabatte di carta, sciaguattando come se avanzasse su una barca a remi. Mugolò qualcosa con un tocco di civetteria infantile, come se stesse giocando a nascondino, e alla fine, quando toccò la mia coscia, mi si appoggiò contro con un sospiro di sollievo.

Mi si sedette in grembo e sentii il suo corpo nudo sotto l'accappatoio, che emanava la fragranza di una pentola a vapore cui sia appena stato tolto il coperchio. Mi prese la mano e la infilò dentro l'accappatoio. Sotto il seno la pelle ancora umida era liscia e tiepida al tatto, e nell'oscurità mi sentii trasportare fuori rotta. La tenevo stretta tra le braccia, finalmente libero dall'imbarazzo al punto che cominciai a toccarla con audacia, la faccia sepolta tra i suoi seni. Non era Qiuzi, ma le assomigliava più che abbastanza, per me.

«Tocca a te» mi disse.

Il tono di quella frase brevissima mi ricordò ancora di più Qiuzi. Le presi il collo tra le mani e la tirai verso di me, ma quel movimento la spaventò e si divincolò tirando indietro la testa per impedirmi di infilare le dita nei suoi lunghi capelli.

Ritirai di scatto la mano come se avessi preso una scossa, ma era troppo tardi.

Un lato del suo cranio era completamente piatto, come una pietra rotta nascosta tra i cespugli.

Avevo tolto la mano, ma la mia faccia rimase sprofondata nel suo petto. Di colpo l'oscurità che ci circondava m'infastidì, gettandomi in una sorta di torpore paralizzante. Non sapevo cosa dire, sentivo soltanto il mio cuore battere incastrato tra i nostri due corpi.

«È difficile trovare qualcuno che come te voglia spegnere la luce, stavolta pensavo che avrei potuto farla franca» disse con una risata amara, «ma non ha funzionato neanche così, perciò è meglio che me ne vada».

Quanto tempo avrà impiegato a farsi crescere i capelli abbastanza per coprire quell'ombra infelice?

Non reagii alle sue parole, ma scoppiai a piangere nel buio.

IV

In sogno annientto il nemico,
accanto al letto fiorisce il ciliegio

«Meglio non cominciare se non si è pronti» aveva detto la signorina Baixiu.

Era ancora lì in attesa della mia risposta, così protesa in avanti da togliermi il fiato. Mi abbandonai contro lo schienale della sedia, con la netta sensazione d'esser in suo potere. Con un sorriso enigmatico che le affiorava sulle labbra, appoggiò le mani al centro della tovaglia vecchio stile, blu scuro, che allisciava per appianare le pieghe a destra e sinistra. Poi staccò le mani dal tavolo e con una avvolse l'altra chiusa a pugno, come si fa per porgere gli auguri a Capodanno.

«Cosa c'è ancora da preparare? Cominciamo, adesso».

«La sua mente non è ancora tornata, troppi pensieri la distraggono».

Poi decise di non aspettare oltre. «Iniziamo?» mi chiese. Prese un cesto da sotto il tavolo, sollevò il coperchio di bambù intrecciato e tirò fuori una serie di bottiglie, bottigliette e vasetti diversi uno dall'altro, che cominciò a disporre davanti a sé. Erano porcellane strane, di tanti colori, a dire il vero tutte molto raffinate. Quando finì di metterle in ordine mi disse, a mani giunte: «Ci provo, cerco di fare del mio meglio».

Posò sul tavolo anche un portacandele in cui mise un pezzetto di carbone, che accese.

Quando il carbone diventò incandescente, lo prese con una pinza argentata e lo seppellì tra la cenere di un piccolo incensiere.

«Tutti hanno qualche dolore di cui non riescono a parlare, proprio come questo fuoco nascosto tra la cenere» disse prendendo una piuma di un blu metallico con dei meravigliosi bordi violacei.

Con la piuma, che lei definì "scopina da incenso", spazzò la cenere bianca nel braciere raccogliendola in una montagnetta al centro, che rastrellò disegnando delle increspature orizzontali fino a far comparire un placido, minuto, arido paesaggio.

Prese poi un piattino argentato, dicendo che era di mica, e l'appoggiò direttamente sopra il carbone nascosto tra la cenere, quindi lo cosparse di una polvere marrone scuro presa da una delle bottigliette e un vulcano nascosto cominciò in silenzio la sua attività.

«Esprima un desiderio» disse la signorina Baixiu, «cosa vorrebbe?»

1.

«Che cos'altro potrei volere? Mi lasci pensare».

I giunchi fuori dalla finestra erano già tutti bianchi; se c'era qualcosa che potevo chiedere era che la gente sparisse, perché non volevo nessuno intorno quando avrei rivisto Qiuzi. In fondo soltanto io avevo sofferto per lei, in quel lungo periodo.

Ecco, questa era l'unica cosa che desideravo, perché lei stava per ricomparire.

Forse era già nascosta tra le onde dei giunchi mossi dal vento, ma esitava finché non avesse visto la luce del locale. A quel punto il volto le si sarebbe illuminato di gioia e sorpresa: «Non l'avevo vista, l'anno scorso!» Certo, come avrebbe potuto? L'anno scorso era tutto vuoto e spoglio, la ghiaia davanti all'entrata era stata messa frettolosamente e se alzavi lo sguardo non vedevi neppure la luce triste della luna, figuriamoci una lampada.

Erano passati quattro anni, da quando se n'era andata. Può una donna vagabondare per tutto quel tempo? Avevo trascorso ogni vigilia del Capodanno lunare a casa dei suoi. Gli occhi lucidi della madre, sempre puntati sulla montagna, si accendevano di speranza al rumore di ogni auto in avvicinamento. Erano cene silenziose intorno al fuoco, ritmate dal ticchettio di un orologio a muro in un angolo della stanza, che poneva domande cui nessuno poteva rispondere. Tutti gli anni così, senza neppure lo scoppiettio dei petardi ad accogliere la primavera.

Come avrebbe potuto, la signorina Baixiu, risvegliare un'anima così meschina? Tra rimorsi, tentativi di ricerca e una paura impotente, era stata la spietatezza di Luo a infondermi il coraggio di tirare avanti, ma alla fine era stata una donna, una perfetta sconosciuta, a spingermi a mollare tutto e venire qui.

«Mi crede, signorina Baixiu? In quella stanza buia ero scoppiato in un pianto dirotto».

Quella donna, la sconosciuta, sentendomi piangere si era spaventata: «Non fare così! Ti ho deluso?»

Non potevo vedere la sofferenza sul suo volto, ma sapevo che mi stavo comportando malissimo. Mi ero asciugato le lacrime con la manica, incerto su cosa fare. Se me ne fossi andato, lei ci sarebbe rimasta ancora peggio, perciò avevo continuato a stringerla tra le braccia, anche se il mio pianto l'aveva ormai raffreddata.

«Non preoccuparti per me, se non vuoi non lo facciamo» mi aveva detto.

Avevo continuato a stringerla, scuotendo la testa perché volevo che rimanesse.

«Davvero lo vuoi? Ti ho sconvolto!»

Richiamando tutta la passione che mi rimaneva l'avevo baciata, senza incontrare resistenza. Ma intanto da una fessura tra le labbra era riuscita a chiedermi: «Perché hai pianto? E con tanta tristezza...» Senza darle il tempo di finire la frase l'avevo abbracciata di nuovo, percependo l'illusione di Qiuzi che emanava dal suo seno. Più a suo agio, aveva cominciato ad accarezzarmi i capelli e mi aveva raccontato di quella ferita alla testa, causata da un incidente stradale. Il fidanzato l'aveva lasciata e lei era rimasta sola con la madre.

«E tu?» mi aveva chiesto.

«Io? Lasciamo stare, non sarebbe una storia piacevole».

Oltre che fisicamente, Qiuzi le assomigliava anche per il triste frangente in cui si era trovata, perché doveva essere stato un dolore insopportabile quello che l'aveva spinta a lasciarmi, quella mattina prima dell'alba, portando con sé tutta la sua disgrazia.

Eravamo rimasti a lungo nell'oscurità, finché la reception dell'albergo ci aveva telefonato per invitarci a lasciare la stanza e sul nostro film al buio era calato discretamente il sipario. Quando si erano accese le luci a fine proiezione avevo strizzato gli occhi, abbagliato, e l'avevo vista andare ai piedi del letto per raccogliere gli indumenti sparsi qua e là. Aveva cominciato a rivestirsi, comportandosi come se la stanza fosse ancora immersa nel buio. Si era infilata gli slip, poi si era girata a seno nudo e dopo aver indossato con calma il reggiseno era andata alla finestra e aveva tirato le tende per guardare la notte.

«Ti invito a cena, non mi succede spesso di guadagnare soldi così puliti».

Solo dopo, guardandola allontanarsi, mi ero ricordato di non aver ancora preso contatto con il mio capo. Aveva lasciato la stanza già da un pezzo, scoprii con una certa sorpresa, e ora stava bevendo e cantando con un gruppo di amici nell'albergo di famiglia in via Jilin. L'atmosfera doveva essere alquanto vivace, perché dovette urlare al telefono per dirmi: «E allora? Te la sei spassata, immagino!»

Facendomi coraggio gli avevo detto che volevo chiedere un anno di aspettativa, aggiungendo che se la ditta non avesse potuto fare per me quest'eccezione avrei dato le dimissioni. Lui gridava e strepitava al telefono, ma qualcuno lì accanto stava cantando una canzone in taiwanese che, unita al fischio di un treno del videoclip, coprì rapidamente la sua voce.

Due mesi dopo arrivai qui. L'estate era appena cominciata e dall'altro lato del fiume giungeva chiassoso il frinire delle cicale. Della casetta abbandonata era rimasto soltanto il contatore elettrico e il figlio del proprietario, forse credendomi un grande artista, me l'affittò a un prezzo bassissimo, quasi gratis. Veniva tutti i giorni ad aiutarmi a ripulire l'area e chiese addirittura a uno zio falegname di costruirmi il soppalco.

Il giorno in cui inaugurai il locale, l'unico cliente fu un ambulante che vendeva salsicce. La ghiaia scricchiolava sotto le ruote del furgoncino pieno di salamini appesi che dondolavano violentemente per gli scossoni. Mi raccontò che venendo via dal tempio, davanti al quale aveva lavorato, sulla strada aveva scorto una luce che prima non c'era e che l'aveva incuriosito e spinto a venire. Magari si trattava di un fantasma, finalmente ne avrebbe visto uno! Sventolò la cenere della stufa ancora calda e appena il fuoco si riaccese arrostimmo insieme qualche salsiccia, lì sulla strada. A quel tempo covavo ancora tanto odio e avrei voluto chiedergli notizie di Luo Yiming, ma per il timore che si spargesse la voce del mio interesse, ingoiai la domanda insieme a un paio di salsicce.

Giurai a me stesso che non ne avrei più parlato e in effetti da allora su questo argomento ho mantenuto un riserbo assoluto. Se non fosse stato per l'arrivo della signorina Baixiu, con le sue minacce e le sue promesse, e per quel caffè che suo padre era venuto a bere da me, per quanto mi riguardava il nome Luo Yiming non esisteva più.

Volevo soltanto ritrovare Qiuzi e la sua purezza.

Di tutto il resto non m'importava più niente.

Ecco perché quando la signorina Baixiu mi chiese con tanta serietà di esprimere un desiderio, mi ritrovai sinceramente divertito e perplesso insieme. Ma alla fine socchiusi gli occhi come lei, per lasciarle l'illusione di credersi una guida spirituale.

E lei cominciò.

Per prima cosa mi mostrò come regolare la respirazione, il ritmo con cui muovere l'incensiere e come aspirare il profumo dell'incenso. Dopodiché volle che io ripetessi ogni gesto, così presi in mano il piccolo incensiere, come un cretino che si ritrovi di colpo davanti alla porta degli spiriti. Non osavo far domande né pronunciare verbo, temendo di scoppiare a ridere e soffiare via la cenere che avevo in mano.

In questa sorta di rito, la signorina Baixiu usò quattro tipi di incenso, spiegandomi che rappresentavano le quattro stagioni e andavano aspirati uno per uno tre volte. Poi con la voce un po' roca di chi torna nel mondo dopo un viaggio tra gli spiriti mi domandò, evidentemente ansiosa di sapere che impressioni riportasse un tipo del tutto ordinario come me: «Che profumi ha sentito? Cos'ha pensato? Ha visto un mare di nuvole? Ha attraversato un bosco? Corpo e mente si sono rilassati? No? Non ancora? Davvero?»

Per aiutarla a portare a compimento la sua nobile missione, non potei far altro che annuire energicamente, inventandomi di sana pianta di aver sì visto il mare di nuvole, attraversato giusto in quel momento da un Boeing. E poi ecco apparire volteggiando una piuma nera, che probabilmente ero io nel riflesso dorato del sole…

«Che sciocchezze sta dicendo? Come poteva esserci un Boeing?»

«Allora doveva essere un aereo da ricognizione, che stava cercando di salvare la mia anima, proprio come lei».

Mi sforzai di non ridere delle sue formule magiche e di lei, che in fondo ce l'aveva messa tutta per salvare suo padre o la mia coscienza, prendendo la cosa con estrema serietà, arrivando addirittura a portare apposta fin lì tutto quell'armamentario. «Ho apprezzato il suo impegno, signorina Baixiu».

2.

Qualche giorno più tardi comparve finalmente un cliente.

Una macchina nera con i finestrini oscurati si fermò sulla stradina di terra battuta al di là della ghiaia e suonò insistentemente il clacson, finché si aprì una portiera e dal sedile di guida uscì Guo, l'autista, che mi salutò agitando la mano. Mentre mi avvicinavo, il finestrino posteriore cominciò ad abbassarsi lentamente. Dentro c'era lui, dietro un paio di grandi occhiali da sole, tanto per mettermi paura. «Dovevi venire ad accogliermi, sono venuto qui per te» disse infine.

Era cambiato, il mio capo: niente betel in bocca e nessuna zaffata alcolica, ma anzi andatura sciolta, scarpe di pelle perfettamente normali, problema ai piedi evidentemente risolto. Lo feci accomodare vicino alla finestra, dove aleggiava ancora qualche traccia degli incensi della signorina Baixiu. Lui annusò l'aria e mi chiese che genere di essenza avessi spruzzato, visto che, aveva aggiunto, da quando aveva smesso di fumare sentiva anche l'odore di un granello di polvere.

«Be', come va? Secondo i miei calcoli dovresti avere già chiuso».

«No, è ancora presto. L'aspettativa scade la primavera dell'anno prossimo».

«Scommetto che staresti qui da solo a vendere caffè anche se l'aspettativa durasse cent'anni».

Si diede un'occhiata intorno e si affacciò alla finestra per invitare l'autista a entrare a riposarsi, poi, come aveva fatto la recluta della polizia, fissò il soppalco e giratosi di nuovo verso di me mi disse: «Smettila di fare l'idiota, non tornerà più».

«Tornerà, se ha ancora memoria».

«Mah! Sembra un film. E quanto aspetterai ancora? Come se aspettarla servisse a qualcosa».

Inclinò la testa per guardare l'argine del fiume: «Anch'io ho pensato di riportare qua mia moglie. Di recente un bianco ha fatto irruzione nel ristorante e l'ha tramortita di botte, ma lei ha intimato ai suoi dipendenti di non dirmelo. Non è tremendo? E non per paura di farmi star male, ma per paura che *non* stessi male».

Gli preparai una tazza del caro vecchio caffè Mandheling. Avevo sempre avuto l'impressione che la fedeltà al caffè fosse la sua unica dimostrazione di attaccamento a qualcosa, perciò quel filo di tristezza nei confronti della moglie mi spiazzò.

Guo volle invece una tazza di tè rosso. Fuori, nella luce delle quattro di un pomeriggio d'inizio inverno, il vento spingeva le foglie secche sotto la macchina nera. Bevvi anch'io un caffè mentre il capo mi aggiornava sull'avanzamento dei lavori in quei sei mesi, lassù in montagna. «Qualche giorno fa gli operai hanno visto due muntjak sbucare dal lato del torrente per mangiare la frutta sugli alberi. Dicevano che probabilmente erano una mamma con il cucciolo, il che dimostrerebbe che la nostra rigenerazione ecologica procede bene. Ma abbiamo avuto anche un ladro, un poveraccio che dev'essere rimasto proprio deluso dalla stanza dove dormivi tu, perché prima di andarsene ci ha cacato».

«Mi dica dei suoi fratelli, invece».

«Sapevo che me l'avresti chiesto, nessuno come te sa quanto siano complicati i nostri rapporti. Infatti oggi sono qui per questo. Quei sette ora mi trattano con una gentilezza estrema, hanno persino smesso di chiamarmi numero 8, e si sono resi conto che passo la mia vita lassù a sgobbare per loro. Il rimboschimento e il design del paesaggio ormai sono a posto, persino un vecchio cedro di Giava, che dopo il trapianto sembrava mezzo morto, vedendo tanta vita attorno si è dato da fare per riprendersi. Ragazzo, ci siamo capiti, no? È arrivato il tuo momento, ti aspetto su per promuovere le prevendite. Coraggio, datti una mossa!»

Tornai al bancone a preparargli un'altra tazza di caffè. Mentre il macinino girava rumorosamente, dalla finestra vidi il cofano di un'auto molto familiare che spuntava da sotto gli alberi. Oggi la signorina Baixiu avrebbe dovuto aspettare un bel po', pensai. Il capo mi chiese di Qiuzi a voce così bassa che l'autista si addormentò. «All'inizio, al primo colloquio, mi dicesti di non avere nessun familiare e la tua aria misera mi colpì, perché a quel tempo il mio problema era averne troppi, di parenti!»

Sorrisi, pensando che avevo davvero un'aria sofferente, allora.

«Quel giorno mi hai infinocchiato, porca puttana, con una stupidaggine di grande effetto».

E chi se la ricordava? Lo guardai con aria interrogativa.

«Hai detto che dovevi ottenere prima qualche risultato per avere il diritto di farla tua... gran bella frase».

Volevo andare a versare altro tè nella tazza di Guo, ma lui mi bloccò e in quel momento provai una stretta al cuore. Le avevo dette davvero, quelle parole.

«E cos'hai ottenuto? Rifletti. Sei qui col muso lungo dalla mattina alla sera, tanto che anche se lei volesse tornare non oserebbe farlo, pensando di essere la causa della tua infelicità. Reagisci, apriti alla vita! Io l'ho imparato grazie ai mille tormenti che ho subito dai miei fratelli».

Fuori si stava facendo buio, ma siccome aveva deciso di prendersela comoda ordinò a Guo di avvicinarsi con la macchina. «È tanto che non beviamo qualcosa insieme. Ho sentito dire che qui intorno fanno delle ottime testine di maiale. Che ne dici? Potremmo continuare a chiacchierare mentre ceniamo, così possiamo parlare delle prevendite. Il mercato immobiliare si sta risollevando, ultimamente, e forse dovremmo riaggiustare un po' verso l'alto la strategia di prezzo, ma la cosa importante è che la tua proposta resterà invariata e la gente si aspetta grandi cose da "Il vecchio e il mare", un progetto che finalmente inietterà nell'edilizia lo spirito combattivo della vita reale. Una trovata rivoluzionaria, la tua. Approfittane, torna in pista! Su, sbrigati a rimetterti in sesto, non startene lì come un vecchio».

Quando uscimmo, l'altra macchina era ancora sotto gli alberi. Esitai un attimo davanti alla serranda, che non abbassai per non sentirmi troppo crudele. Lasciai aperta anche la porta a vetri.

Ci immettemmo sulla strada e nel frattempo si era fatto

ancora più buio. Girammo a lungo per cercare il chioschetto delle testine di maiale, e il capo fece pure un paio di telefonate per chiedere come raggiungerlo. Era cambiato, una volta si fermava nel primo posto che trovava.

«Certo che fai una vita da eremita, tu! Immagino che non saprai dove comprare non dico le testine, ma neppure la carne di maiale».

Ci fermammo all'imboccatura di una stradina dietro il tempio della dea Mazu e cominciammo a bere. Invece di ordinare della birra, lui si fece portare da Guo una bottiglia di distillato di sorgo di altissima qualità che teneva nel bagagliaio. Dopo due bicchierini, la conversazione si spostò sulle pratiche per mantenersi in forma, a cui si era da poco convertito. Poi mi raccontò che, insieme ad alcuni amici, si era innamorato del sassofono e prendeva lezione a giorni alterni: «Il maestro mi ha detto che ho la capacità polmonare di una rana, cazzo! Mi sono esercitato finché mi facevano male i fianchi solo a starnutire. Ma ora sento che il mio diaframma è resuscitato e quando suono sembro uno che sta facendo a pugni».

Mi tornò in mente la sera d'estate quando, bevendo una birra sul pendio della montagna, parlava della sua paura che un tenore di fama mondiale come Pavarotti non riuscisse a cantare i suoi do di petto. In realtà parlava di se stesso, ma ora sembrava cambiato. Prima quando usciva di casa aveva bisogno di tre macchine, per acquisire sicurezza. Ora, a quanto pareva, non servivano più, per dirsi fiero di sé gli bastava un sassofono.

Tornai a casa un po' brillo. La macchina della signorina Baixiu non c'era più, ma lei era entrata nel locale e aveva lasciato sul bancone una busta. Dentro non c'era un messaggio, bensì due foto. Il soggetto di una mi era tremendamente familiare: il grande ciliegio del giardino di casa sua; l'altra mi paralizzò lasciandomi a lungo senza parole. Molto a lungo.

3.

Non essendo riuscita a incontrarmi, la signorina Baixiu mi telefonò prima ancora che smaltissi i fumi dell'alcol, agitata come se avesse perso qualcosa. Mi disse che con il cambio di stagione erano stati costretti ad aumentare il dosaggio delle medicine del padre e che mi telefonava solo ora, perché aveva aspettato che lui si addormentasse. «Da quanto tempo è tornato?» mi chiese. «È ubriaco? Di chi era quella macchina?» Non si capacitava che qualcuno mi avesse portato via così.

«Temevo che quei due l'avessero rapita».

«Le foto sono state scattate fuori casa sua?»

«Sì, è la stessa casa, l'avrà riconosciuta senz'altro. La foto del ciliegio è dell'anno scorso, mio padre tutti gli anni ne scattava qualcuna a marzo, per conservarla».

«Voglio sapere dell'altra».

«Il ciliegio non c'è più, tutto qui».

«Perché?»

«L'ultima volta che sono tornata a casa mi è preso un colpo, pensavo di aver sbagliato indirizzo. Il terreno era già stato ripulito e coperto di fucsie. Tutto soddisfatto, lui mi diceva che così il cortile sembrava più spazioso e che ci sarebbero stati fiori tutto l'anno. Il giardiniere poi mi ha riferito che, scavando, si era accorto che le radici più piccole del ciliegio erano marce, pare che l'albero fosse stato innaffiato per molto tempo con acqua salata...»

«Questa foto è stata un colpo, per me».

Dopo un lungo silenzio si mise a piangere. «Le due foto riflettono più o meno la vita di mio padre, con e senza ciliegio. La vita è così più o meno per tutti, penso. Gliele ho lasciate perché le confrontasse, non per avere la sua compassione».

Pian piano si tranquillizzò. Mi disse che il mese scorso aveva rifiutato l'invito a partecipare a una mostra fotografica collettiva.

«È per questo che la cercavo con urgenza. Adesso che mio padre non ha più neppure il suo amato ciliegio, non può lasciar perdere anche la mostra! Perciò ho mandato un nuovo messaggio di adesione e ora sto scegliendo per lui le foto da esibire. Ho pensato che se lei potesse contribuire magari scrivendo una didascalia sotto ogni foto, la cosa avrebbe un significato molto profondo, potrebbe essere la migliore terapia, per lui».

Certo che avrebbe un significato molto profondo, dissi in cuor mio riattaccando.

Nella foto, il cortile dei Luo era vuoto, non restava che il muro bianco coperto di tegole nere prima nascosto dalla chioma del ciliegio. Sembrava un test di memoria su quell'albero. La prima volta che Qiuzi aveva scattato una foto, la prima della sua vita, il ciliegio era coperto di fiori rossi, un rosso acceso che doveva averle illuminato il volto. Mi ricordavo come, stando in cortile, si era lasciata sfuggire dall'inquadratura i rami vecchi e forti che si protendevano oltre il muro.

Di certo Luo Yiming l'aveva fatto di proposito, di innaffiare le radici con acqua salata. Non che fosse stato il ciliegio, l'origine dei suoi malanni, ma era il simbolo di una bellezza pericolosa, che con la sua meravigliosa fioritura, paradossalmente, aveva fatto appassire tutto il resto. A spingere Luo nell'abisso era stato l'insidioso fascino di quei fiori, e lui lo sapeva benissimo.

In ogni caso, la foto era un messaggio di lutto, annunciava la scomparsa della fonte di tanta tragedia. Ma anche se avessi voluto scrivergli le didascalie, non ero sicuro di avere il coraggio di affrontare la vista dei suoi lavori. In tutti i posti dove lui era stato, sarebbe stato impossibile non trovare le tracce dei passi sbagliati che Qiuzi aveva fatto seguendolo.

Nascosta dietro il mirino, aspettava con il fiato sospeso che il maestro costruisse l'inquadratura perfetta, piena di ammirazione e rispetto ma anche di un'ingenuità simile alla mia, quella che le aveva impedito di capire che la solitudine di quel vecchio lo avrebbe portato a soccombere al potere della giovinezza.

Peccato per quel ciliegio così bello, il ciliegio del mio nemico...

Quando tornai sobrio, il dolore cominciò a insinuarsi nel mio cuore. La scomparsa del ciliegio mi rese ancora più triste. Le speranze della signorina Baixiu sarebbero sicuramente cadute nel vuoto: come aveva potuto farmi una simile richiesta? Dove avrei potuto trovare la forza di perdonare suo padre? Perché quel che mi stava chiedendo era di inscrivere la parola amore nell'odio.

Girai la foto del cortile senza il ciliegio e, in piena notte, scrissi un'unica riga:

In sogno annientо il nemico, accanto al letto fiorisce il ciliegio

Scritte quelle parole, sentii che sarei finalmente riuscito a venire a patti col mio destino. Il nemico era stato annientato senza che io muovessi un dito e il ciliegio ora fioriva solo per me. Mi sentivo in pace.

Ma quando salii nel soppalco non riuscii a togliermi dalla testa quella mattina prima dell'alba, quando, brancolando nel buio, Qiuzi si era preparata una valigia leggerissima: come aveva fatto a tirare avanti con quei pochi vestiti? Al solo pensiero mi veniva da piangere. Scesi dal soppalco e tornai al tavolo dove rimasi a fissare la foto finché, non so che ora fosse, in preda al dolore la strappai in mille pezzi.

4.

Rimasi a letto in uno stato di apatia fino a mezzogiorno del giorno seguente. Non me la sentivo di aprire il locale, perciò chiusi a chiave la porta a vetri e scivolai fuori passando sotto la serranda. Le strade si stavano riempiendo di turisti e dopo la quiete notturna l'incenso aveva ricominciato a bruciare nel tempio della dea Mazu. Invece il chioschetto delle testine di maiale, nel vicolo retrostante, era ancora chiuso. Feci un giro e dopo aver mangiato qualcosa di veloce tornai dove avevamo cenato la sera prima per recuperare il cellulare che avevo dimenticato.

Quel pomeriggio libero mi pesò, perché continuavo a pensare alla scomparsa del ciliegio chiedendomi se non fosse una sottile vendetta nei miei confronti, un gesto con cui Luo Yiming aveva voluto deliberatamente farmi assaggiare una dolorosa sconfitta.

Fermai un taxi e chiesi all'autista di percorrere lentamente il perimetro della cittadina. Mi rispose che era difficile calcolare la tariffa senza una meta precisa e mi chiese se volevo che usasse il tassametro: «La gente di qui è abituata a discutere il prezzo in base alla distanza prima di partire» mi spiegò e io gli risposi che facesse come preferiva. Alla fine però, siccome non sapevo davvero dove andare, optai per il tassametro.

«Di dov'è, signore?»

«Taipei».

«È la prima volta che viene qui?»

«La prima volta che prendo un taxi, da queste parti».

Quando passavamo vicino a un punto panoramico rallentava e la macchina si riempiva del suo accento di Haikou. Partiva da lontani aneddoti storici per arrivare ai progetti di conservazione dei siti archeologici, senza rendersi conto che la sua cantilena, recitata a voce bassa e profonda, era così ipnotica che alla fine del giro stavo per addormentarmi.

«Mi porti alla spiaggia».

«Se vuole una bella vista sull'oceano, dobbiamo passare dalla tangenziale».

«No, mi basta vedere il mare della zona».

«Sarà un mare senza spiaggia...»

Fece inversione e attraversò la cittadina. Non tardarono ad affiorarmi ricordi di quando ci ero stato con Qiuzi e chiesi all'autista di fermarsi sotto l'argine di Haikou, dove dovetti usare tutta la mia forza per vincere la resistenza del vento e aprire la portiera. Dietro di me si agitavano file di casuarine dalle chiome scarmigliate, mentre dalla costa battuta dall'inverno arrivavano strazianti e insensati ululati selvaggi.

«Se vuole la porto nella laguna, là c'è più movimento e può fare un giro di mezza giornata sulle zattere di bambù».

Gli dissi invece di proseguire. Superata una scuola elementare imboccammo una strada sterrata e dissestata, dove mi fece notare che non ci sarebbe stato più niente da vedere, se non una caserma poco più avanti. Cambiammo di nuovo direzione puntando a est lungo una strada che attraversava una zona sempre più desolata e che, il tassista m'informò, portava a un'altra cittadina.

«È un posto piccolissimo. Se cerca qualcuno, signore, basta che mi dica il nome».

«E se non ce l'avessi, il nome?»

«Provi a dirmi il cognome, allora. Un mio cliente mi ha messo alla prova per dieci volte e alla fine ha detto che avrei potuto fare il sindaco!»

Luo, dissi tra me e me.

Usciti dalla tangenziale, il taxi girò di nuovo e mi ritrovai sulla strada che conoscevo, da dove già si vedevano i tetti del tempio Mazu. Davanti a un alberghetto mi venne un'improvvisa voglia di fare una doccia e decisi quindi di lasciare il taxi.

«Il posto dov'è salito a mezzogiorno si trova proprio dietro quest'albergo».

Un corridoio all'ingresso portava a una scala un po' buia. Mentre salivo scorsi una magnolia nel cortile interno. La stanza, il cui arredo consisteva solo in un lettino appoggiato alla parete, era decisamente spartana ma sempre più confortevole del mio soppalco. Pensavo di riposarmi giusto un po', ma per qualche motivo fui sopraffatto dalla stanchezza e mi risvegliai che era già buio.

Spesa così la metà di quel pomeriggio, m'incamminai lentamente sulla strada per tornare al mio locale. Prima di arrivare al sentiero di ghiaia, vidi da lontano che le luci all'interno erano accese, cosa che rendeva l'area tutt'intorno ancora più buia. Mi misi a correre, allarmato. Più mi avvicinavo più mi rendevo conto che sì, la luce era proprio accesa e filtrava dalle finestre illuminando i bambù accanto alla porta.

Qiuzi, mi diceva il mio istinto. Era Qiuzi che si era intrufolata.

Mi stupì constatare che le schegge del vetro della porta giacevano sul pavimento e questo non era un comportamento da Qiuzi: lei avrebbe senz'altro aspettato paziente, appoggiata alla porta, e mi avrebbe guardato con un'espressione piacevolmente sorpresa, con una faccia che pareva quella di chi ha in bocca una prugna aspra. Allungai il collo per vedere meglio e rimasi sconcertato. Vicino alla parete erano effettivamente seduti i capelli corti di Qiuzi, con un vestito di velluto grigio e una catenina d'argento al collo.

Riconobbi chi era quando le arrivai alle spalle, ma quella consapevolezza fu immediatamente sostituita dalla confusione.

Anche se la signorina Baixiu era libera di andare dove voleva, quello non era il momento di fare un'apparizione improvvisa. Probabilmente era venuta per farmi uno scherzo e io c'ero cascato. Anziché girarsi, aprì il cestino del pranzo al sacco e cominciò a mangiare. Di fronte a lei, davanti alla sedia vuota, era disposto un altro cestino con tanto di bacchette. Erano quasi le sette e lei sembrava aspettare un ospite in ritardo che avrebbe dovuto accomodarsi davanti a lei.

«Era tornata a Taipei, cosa ci fa qui?»

«Lei sta aspettando qualcuno, io mi sto nascondendo da qualcuno».

«In ogni caso non avrebbe dovuto irrompere qui dentro in quel modo...»

«Il vetro di una porta non vale un ciliegio».

Lo disse con freddezza, poi prese un altro boccone che mangiò con un certo sussiego, con le vene del collo che pulsavano leggermente sotto i capelli corti mentre masticava, rivolta verso il muro come se solo così fosse in grado di buttar giù la sua cena. Quindi tese la mano e spinse in avanti l'altro cestino dicendo: «Ho cucinato io, sta diventando freddo».

Lo spazio era così angusto che non potevo starmene lì dietro di lei come se stessimo litigando, perciò mi sedetti e aprii il cestino. Mangiavo a testa bassa, ma percepii lo sguardo fisso su di me, da sotto i capelli corti. Con le bacchette presi un pezzetto di tofu e lei fissò anche quello. Me lo misi in bocca e alzai la testa di proposito e infatti incontrai il suo sguardo, non più evasivo come un tempo. Non smise di masticare, continuando a mangiare con una forza che aveva un che di eroico, come se fosse l'ultimo pasto, quello della sera prima della battaglia.

Tanta freddezza derivava dal mio rifiuto di scrivere le didascalie.

Dal buio fuori del locale improvvisamente si sentì il *bang* di una portiera sbattuta, al quale seguì la voce roca di un uomo che chiamava «Baixiu! Baixiu!» Sembrava che urlasse con le mani a coppetta intorno alla bocca. Poi tacque, si spostò dal lato del locale fino alla porta a vetri rotta, quindi ricominciò a chiamare.

«Ecco perché fa così freddo, qui dentro, il vento entra dal vetro rotto. Vada ad abbassare la serranda».

«Sarebbe scortese. È venuto a cercare lei, perché non farlo entrare?»

«No. Se lei abbassa la serranda, lui capirà».

Esitai, ma poi mi avvicinai alla porta. Non vidi nessuno, ma le grida smisero solo quando chiusi del tutto la saracinesca. Allora sentii il motore dell'auto accendersi e rombare furioso con l'acceleratore al massimo. Pensavo che avrebbe schiantato la macchina contro la porta, invece, con mia sorpresa, la vidi girare e sparire nella strada buia a fari spenti.

«Allora era da lui che si nascondeva».

«Che delusione può essere, l'amore di un uomo. È venuto

fin qui perché avevo deciso di finirla con questo tormento, ha fatto duecento chilometri per poi andarsene in pochi minuti».

«Almeno è venuto».

«È bastato il rumore di una serranda a farlo desistere, non m'interessa un uomo del genere. Non ce ne sono molti come lei, invece: Qiuzi, Qiuzi tutti i giorni, dalla mattina alla sera Qiuzi».

La signorina Baixiu stava violando la sua promessa, questa sera: parlava un sacco.

Quando la macchina sparì, il suo volto si rasserenò. Ripose il cestino senza finire di mangiare e andò al bancone a preparare il caffè. I suoi gesti erano piuttosto impacciati, ma quando portò le tazze al tavolo sembrava volesse celebrare qualcosa. Lanciò un allegro: «Scotta! Scotta da morire!» Sembrava volteggiare sulle nuvole.

Mise anche della musica, poi tornò da me e con un'amarezza che non le avevo mai sentito mi disse: «Aspetti quanto vuole, ma sappia che se incontrassi Qiuzi, gliela terrei nascosta».

«Perché oggi continua a parlare di lei?»

«Perché non ho nient'altro da dire. Hai distrutto mio padre, ora hai fatto lo stesso con me».

«Non capisco che cosa stia dicendo, signorina Baixiu...»

«Abbracciami» disse appoggiandomisi improvvisamente contro. «Trattami come trattavi Qiuzi».

Quel corpo avvolto nell'abito all'occidentale si stringeva contro il mio petto, tremando come se temesse di scivolare dalle mie braccia.

5.

Ah, signorina Baixiu, ho una gran voglia di piangere.

Con alle spalle destini così diversi, eppure uniti in un abbraccio così intenso.

Un uomo normale non ce la farebbe a resistere a una passione così forte, né tantomeno a mantenere una lucida integrità. Ma io sono diverso da un uomo normale, sono debole e spero che, oltre al mio abbraccio, il mio pianto insensato sia stato per lei una risposta. Posso soltanto dirle che la mia debolezza non c'entra con l'amore. Al contrario: sono riuscito a fermarmi all'ultimo momento davanti a lei proprio perché so cos'è l'amore.

Tutti gli amori hanno un punto critico e se lo si oltrepassa la perdita è ancor più grande.

Suo padre è un esempio di chi quel punto l'ha oltrepassato. Era una bravissima persona, ma è bastato un solo momento di solitudine e bramosia per fargli attraversare il confine, rendendosi conto soltanto dopo di quanto impervia diventasse la strada. Anche Qiuzi l'ha fatto e disgraziatamente l'ha fatto per me. Se non avesse avuto l'urgenza di procurarmi quei soldi, per quante trappole le avesse teso il signor Luo, per quanto ingenua e sprovveduta lei fosse stata, mai e poi mai si sarebbe buttata a occhi chiusi oltre il punto critico.

Posso solo dire che è stata una trappola perfetta, un buco nero con tanto di bordo ricamato, un abisso tappezzato di fiducia. Non oso pensare al terrore che Qiuzi, sempre così timorosa, deve aver provato nell'attimo in cui ci si è buttata e mi si spezza il cuore a pensarla così combattuta, mi sento in gabbia come lei.

Purtroppo, in quel momento di impotenza, anch'io mi sono trovato davanti a un punto critico e in un attimo di confusione l'ho oltrepassato. Ho creduto erroneamente che tutto ciò che Qiuzi aveva perso riguardasse me, perciò quella mattina prima dell'alba ho pianto, ma non ho fatto niente per fermarla. Così ho perso molto di più.

Ho perso tutto quello che avevo sotto gli occhi, compreso un prestito di cui lei, signorina Baixiu, forse non sapeva niente. Quando i miei sequestratori si furono dileguati, a me non restò niente da presentare alla banca per bloccare i soldi, una mano me li aveva dati e un'altra me li aveva tolti, come un assurdo scherzo di questa ridicola vita, come l'inspiegabile infrangersi di tutti i miei sogni d'infanzia.

Eppure, in questa situazione grottesca lei, signorina Baixiu, mi ha scioccato con un abbraccio così caloroso da procurarmi una gioia carica di dolore, davanti alla quale stavo per perdere il controllo. «Posso lasciarmi andare?» Questo ho pensato in quel momento. E invece di allontanarmi l'ho stretta ancora più forte, finché ho sentito il nostro abbraccio riempirsi di immagini felici. Non riuscivo a staccarmi da lei, lei che mi stupiva con quest'amore che pur di stringersi a me la portava a superare la disperazione di suo padre. Ne avessi avuti altri, di abbracci così, fin da piccolo, sarei forse riuscito a vivere una vita felice anche senza Qiuzi.

Ma era troppo tardi.

Continuerò ad aspettare Qiuzi in ogni angolo della terra, perché non le ho ancora raccontato la fine di una storia, la storia della capra. Volevo regalarla a mio padre, nonostante il risentimento che da sempre covavo per lui, ma qualcuno la rubò. Ecco la fine, molto semplice. In realtà la mia vita può essere condensata in questa storia della capra. Il dolore di un uomo non dovrebbe essere così banale, ma è proprio la sua banalità a legarlo tanto stretto alla vita da non poterlo sradicare.

Qiuzi è la capra della mia vita, signorina Baixiu.

Ora so che non tornerà più. È l'inizio dell'inverno e sto passeggiando intorno al pontile dove le cime dei giunchi formano una distesa bianca che arriva fino al mare. Ma non sono venuto per vedere il mare. Arrivato alla curva dove le onde s'infrangono impetuose, salterò giù e m'incamminerò lungo il sentiero oltre il ponte, per poi scendere fino alla chiesa cattolica nel centro della cittadina. C'è un parco, là vicino, ed è da lì che, quel giorno, suo padre partì in bicicletta. La vostra casa, infatti, è giusto girato l'angolo.

Verrò a dare un ultimo sguardo al ciliegio, signorina Baixiu.

Anche se voi non avete più un ciliegio e io non ho più Qiuzi.

Dopo qualche minuto arriverò alla vostra porta di casa ma non busserò. Mi basterà un'ultima occhiata per dare al mio insignificante dolore la possibilità di trovare qui la sua tomba. Ma sono un po' nervoso, non credevo fosse così difficile liberarsi dai propri problemi. Se ora incontrassi suo padre, dovrei nascondermi per evitare di scioccarlo o restare dove sono, tutto tremante?

Sono sceso dal pontile, in quell'ansa le onde sono violentissime. Suo padre è arrivato dal ponte, quel giorno, sicuramente seguito per tutto il tragitto dal rombo del mare. E quando si era fermato davanti al mio locale stava sorridendo. Bellissimo sorriso. Ma cosa c'era di piacevole in quel suono? Erano onde che s'infrangevano senza trovare una spiaggia.

Signorina Baixiu, a mezzogiorno ho disdetto l'affitto del locale e ho lasciato tutto al proprietario. Stasera salirò su un autobus e lascerò la cittadina, andandomene come il ciliegio se n'è andato dalla vostra casa.

Io lo odio, il mare.

Indice

Finito di stampare
nel mese di settembre 2018
per conto di Neri Pozza Editore, Vicenza
da Grafica Veneta S.p.A., Trebaseleghe (PD)
Printed in Italy

Questo libro è stampato col sole

Azienda carbon-free